AF280243

DÄMONIUM

Ein persönlicher Bericht

Bruno Sammer

ISBN 3-8311-0973-7

Herstellung Libri Books on Demand

Finsternis

Ich kann nicht gerade behaupten, daß sich an diesem Morgen meine Stimmung auf einen Höhepunkt befunden hätte. Dafür war der Abend zu sehr mit Alkohol verknüpft gewesen.
Überdies, wie oft fährt man schon in die Berge?

Aus Erfahrung wußte ich: Einer dieser grauenhaften, kaum erträglichen Tage stand mir nun bevor. Neben pochenden Kopfschmerzen waren da: Eine Zunge aus Leder, feuchte Hände, Nervosität, Gereiztheit und so fort. Die übliche Liste. Ungeachtet dessen, mußte sich wohl mein Gehirn einen Rest von Trotz bewahrt haben; denn nichts konnte mich davon abhalten - selbst der still im Körper vor sich hinrumorende Restalkohol schaffte dies nicht -, meinen längst gefaßten Entschluß in die Tat umzusetzen.

Langer Rede, kurzer Sinn: Festzuhalten bleibt, daß ich mich - ohne es so recht gewahr zu werden - bereits auf den Weg gemacht hatte.

Mein Weg, mein Ziel , war klar. So klar, daß auch nicht einen Augenblick die geringsten Zweifel daran auftauchten. Mit anderen Worten - und eine verniedlichende Perspektive zu Hilfe genommen - hieß dies: Mein Ziel waren Steine, oder genauer: Felsbrocken. Nicht mehr und nicht weniger, wobei mit dieser Aufzählung die mehr spielerische Sicht der Dinge bereits wieder an ein Ende gelangt ist. Denn in Wirklichkeit war es ein riesiges, bedrohlich wirkendes Bergmassiv, das sich wie ein breiter Riegel quer über das Tal legte. Im Vorgriff auf späteres möchte ich betonen, daß der Ort ebenso ein anderer hätte sein können. Die Gefahren, die mir dort begegneten, lauern auch anderswo, und zwar überall auf der Welt.

Im Moment jedoch war mir Naheliegendes vordringlicher, machte sich doch ein neues Ärgernis bemerkbar. Genauer: Meine Füße, die dem Kopf entgegengesetzten Teile des Körpers, schwollen plötzlich an. Völlig unerklärlich für mich, denn weder waren meine Schuhe unpassend, noch neu.

Sollte dieses Anschwellen der Füße eine erste Warnung darstellen?

Wenn dies wirklich der Fall war, so beachtete ich sie jedenfalls nicht, sondern trottete - in Eselskreisen würde man es als stur bezeichnet haben - einfach weiter. Und wirklich: Die Schmerzen nahmen, nachdem ich sie, so gut es eben ging, ignoriert hatte, nicht weiter zu. Vielmehr verloren sie sich wieder.

Seltsam dachte ich mir, vergeudete jedoch keinen Blick auf die Füße, sondern richtete meine Augen auf das Bergmassiv. Aber, und dieses aber drückt Unbestimmtes, Unerklärliches aus: Je mehr ich mich dem Massiv näherte, um so weiter schien es von mir abzurücken. Laß dich nicht verrückt machen, schob ich diese seltsamen Gedanken ein paarmal unschlüssig vor mich hin, und verbannte sie dann kurzerhand in einen toten Winkel des Gehirns.

Berge sind der Sitz der Götter, der Zufluchtsort von Geistern und Dämonen, zogen, trotz aller gegenteiligen Anstrengungen, vor meinen geistigen Auge unverdrossen weitere Bilder vorüber.

So war es früher, schlug die Vernunft zurück. Früher hausten dort die Götter. Heute liegt an solchen Orten, dank der Wissenschaft, nur noch Geröll, tote Materie. Die Götter wurden abgeschafft, abgehalftert, verbannt ins Witzkabinett, in die Rumpelkammer, wo sie Staub ansetzen. Und warum bist du dann auf dem Weg dorthin? Die Gegenfrage sprudelte sofort, wie eine schmutzige Sumpfblase hoch, Meine Gedanken schienen sich verselbständigt zu haben. Sie schwirrten ohne jegliche Nutzlast herum, und, so sehr ich mich auch bemühte, es gelang mir nicht, den Denkbrei in meinem Kopf Einhalt zu gebieten,

Jede Religion kommt schließlich von oben, vom Licht, setzten die geistigen Widersacher auch unverzüglich ihr geistiges Duell fort.
Und das Dunkle, das Dämonische, das Zerstörende? Wird das auch dort oben geschaffen? Unverzüglich wurde ein neues Argument geboren und fast vermeinte ich, tief in meinem Innern ein boshaftes Kichern zu vernehmen,

Ja, denn alles gehört zusammen, war die verdrossene und etwas zögerliche Antwort, Nur wer das Böse überwunden hat, wer sich wie die Göttin Kali auf Friedhöfen herumtreibt, an Verbrennungsplätzen zu Gast ist, der hat das Böse, das Dämonische im Griff und .....

Ein stechender Schmerz schreckte mich aus meinen Grübeleien auf. Ich war etwas vom Weg, der sich immer mehr in einen Pfad verlor, abgekommen und in eine mannshohe Distel gelaufen. Die Wirklichkeit ist doch stärker, stellte ich im Hinblick auf die vergangenen, peinigenden Überlegungen leicht belustigt fest und beobachtete verwirrt, gleichwohl gebannt, wie Blut aus einer langen Schnittwunde, die mir ein rasiermesserscharfes Blatt der Distel gerissen hatte, langsam - ganz im Sinne der Gravitation - auf eine darunter wachsende Blüte tropfte. Es vergrößerte sich dort zu einer kleinen Pfütze, und, nachdem der Platz nicht mehr ausreichte, sprengte es die Lache, jedoch nicht , ohne vorher einen messigfarbenen Käfer, der sich gerade auf dem Stamm der Distel aus dem Staub machte, über und über rot besprenkelt zu haben.

Etwas ratlos stand ich ein paar Sekunden still und brachte dann den Blutfluß mit einem Tuch notdürftig zum Stillstand.

Bald wirst du Invalide sein, ohne den Berg auch nur nahegekommen zu sein, meldete sich wieder eine dünne Stimme. Denn den Berg kümmern weder diese, noch andere Dinge. Er wird noch sein, wenn du schon vermodert bist.

Ich unterdrückte einen satten Fluch und starrte zu dem spitz verlaufenden Kamm hinauf, der tief in die Mitte des Massivs hineinragte. Wie zur Bestätigung der zwanghaften Denkvorgänge, die mein Gehirn beherrschten, löste dort der Wind Schneeschicht um Schneeschicht ab, warf sie spielerisch in die Luft, erzeugte - wie Antworten auf alle Fragen - trügerische Figuren, täuschte verführerische Schattenbilder vor, ließ sie wie zum Beweis ihrer Lebendigkeit eine winzige Weile hin und her tänzeln, dann zusammenstürzen und begann das Spiel wieder von Neuem.

Wenn ich ein Eskimoschamane wäre, kam mir in den Sinn, könnte ich in diesen Vorzeichen wie in einem Buch lesen. In jeder Schneeflocke würde sich mir ein Wunder offenbaren. In jedem funkelnden Lichtstrahl könnte ich die Botschaft Gottes wiedererkennen. In jedem Wassertropfen die unendliche Vielfalt des Lebens.

In jedem......

Wenn, wenn....

Unwillig schüttelte ich den Kopf und berührte mit dem Handrücken das schweißnasse Gesicht. Denn, nahezu unbemerkt von mir, war die Sonne über das Land gekrochen und hatte die Schatten aus den während der Nacht eingenommenen Plätzen verjagt, und ihnen nur vorübergehende Zufluchtsorte unter Bäumen und Sträuchern zugebilligt.

Eine Entscheidung stand nun aus: Weitergehen oder umkehren?
Welch eine armselige Entscheidung, waren - wie ein Rudel Affen - unverzüglich gegenteilige Überlegungen zur Stelle. Ist dies wirklich eine Entscheidung?

Stell dir einen Supermarkt vor! Hundert oder mehr verschiedene Seifen! Verpackung, Farbe, Preis, Geruch, Griffigkeit sind entscheidend. Nicht zu vergessen: Schaumbildung, Flockungsstärke, Lösungsgeschwindigkeit und vieles mehr.
Buridans Esel hätte seine Freude an dir, flüsterte die Stimme weiter. Ebenso unfähig, Heu zu fressen. Eher verhungerst du! Heu hin, Heu her: Mit oder ohne Seife, entgegnete ich mit zusammengebissenen Zähnen dem Stichwortgeber meines Unterbewußtseins widerwillig. Ich treffe meine......
Wie ein Marktschreier wurde ich unterbrochen.
Wie......
Der Austausch geistiger Floskeln, die keine Bedeutung hatten, schien kein Ende zu nehmen.
Bei allem Vernunftgerede, bei aller Dialektik des Worts, bleibt anzumerken, daß, wenn ich die damalige Situation verstanden hätte, ich, wie der obengenannte Esel, den Galopp versucht hätte, ohne noch eine Sekunde mit Überlegungen den Wohlstand betreffend, zu verschwenden.
Oder Schritt für Schritt, der erste und der zweite.

Der erste: Den nächsten Zug gepackt. Der zweite: Den
Koffer genommen. Und dann: Seife auf Seife gelegt.
Die gezielt verkehrte Reihenfolge der Dinge zeigt noch
heute, Monate später, die naive Sicht meiner Vorstellungen,
die Mattheit und Müdigkeit meines Denkens an.
Doch, trotz all dieser tolpatschigen Gedanken von Vorher
und Nachher hatten bereits, wie unter Zwang, meine Füße
den Ausschlag gegeben. Oder anders gesagt: Die Entscheidung wurde vorweggenommen. Sie erklärt sich aus
meinem weiteren Bericht.

Ich werde folglich, brummelte ich halblaut gegen den Wind,
der meine Jackenaufschläge knatternd gegen die Brust
schlug, hierhin und dorthin gehen.

Für den Liebhaber ausgesuchter Banalitäten: Der Platz,
den ich mir ausgesucht hatte, lag etwa tausend Meter oder
noch weiter entfernt. Sein ins Auge stechendes Merkmal:
Ein hoch aufragender, vom Wind zerzauster Baum. Exakt
diese Stelle sollte mir für den Zeitraum von ein, zwei Stunden als Freilichtbühne für alpine Betrachtungen dienen,
Und danach? Der Wunsch gebar einen bunten Persertep-
pich, nach unten fliegend, von Witzen getragen.

Soweit der Stand meiner Planungen.

Aber Planungen, so forderte es meine Lage nachdrücklich,
müssen erst durchdacht sein und gelingen überdies nur im
ausgeruhten Zustand.

Zunächst war da also Gegenwart, nicht Zukunft. Insofern zu
einem Entschluß genötigt, nahm ich auf einem bemoosten
Felsbrocken, der sich den Anschein von Bequemlichkeit
gab, Platz und blickte der vor mir ausgebreiteten Realität,
die mich einige Beinarbeit gekostet hatte, ins Auge.

Irgendjemand schien da unten einen raffinierten Theater-
coup gelandet zu haben.
Alles war vorhanden: Puppengroße Kühe, zündholz-
schachtelformatige Autos, vieleckige Häuschen, sonnen-
silbrige Bäche und zerfaserte Baumskelette.

Und neben Formen, Töne. Dumpf, flüsternd, raschelnd und
polternd.
Und darüber hing ein gemeinsamer Himmel, aus dem, wie
ein alter Possenreißer, die Sonne in alle ihr möglichen
Richtungen hüpfte, niemals zu müde, ihr milliardenaltes
Spielchen wieder und wieder aufzuführen.

Und es roch nach Erde. Käfer brummten vorüber, zer-
schnitten den Himmel in käfergerechte Segmente.

Und es roch nach Mensch.

Bis sich mein Kopf entschieden hatte, wo er hingehörte, war
ich schon genötigt, mein Gesichtsfeld zu erweitern und
meine Betäubung durch die Natur zurückzustellen.
Denn es erschien der Mensch.
Frau. Mann. In vielfacher Ausführung. Vom Äußeren: Plastik. In blau, gelb, rot, und anderen Farben.
Und vorne weg stampfte, wie die lebende Kopie aus einem
alten Nachschlagewerk, ein Bergführer.

Seid wachsam, Plastikleute, daß euch der Führer nicht in
den Berg führt, dachte ich belustigt. Auf Nimmerwiedersehen, mit einem großen Schlüsselbund und einer brennen-
den Stallaterne in den klobigen Händen. Tief hinab zu den
Kobolden mit den wissenden Augen und den weißen Bärten, die in ewiger Dunkelheit Silber und Gold schürfen.

Dieser hier jedoch hielt keinen Schlüsselbund oder ähnliches rituelles Zubehör in den Händen, sondern trug - unse-

re entzauberte Welt zeitigte einmal mehr ihre Banalität - rindslederne Modellhosen und an den Beinendigungen halbrunde Ballonschuhe, mit riesigen Mustern an den Sohlen, dem spiegelbildlichen Alphabet der Gebirgler, als bodenständigen Beweis ihres ungebrochenen Lernwillens.

Den übrigen Mitgliedern der Gruppe, die, gehemmt durch fußschädigendes Großstadtleben, nur mühsam Bein vor Bein setzten, war er, die für die Eroberung der Berge entscheidenden zwei- bis dreihundert Meter voraus.

Und der Abstand wuchs. Zuerst betrug er zweihundert zu zwanzig, dann zweihundertundzwanzig zu achtzehn. Ein uraltes Problem der denkenden Menschheit, die Deformation des Raums rollte vor meinen Augen ab. Der Dramaturg des Stücks: Zenon von Elea. Schweißtropfeninitiator mittelmäßiger Gymnasiasten. Seine Hauptdarsteller: Achill mit der Lederhose, die Paradoxien des Meisters sicher im Rucksack verstaut, neben Butterbrot und warmen Socken.
Weitere agierende Personen: Grellfarbene Schildkröten.
Vorwanderer und Nachwanderer. Lederhose und Plastik.
Und das Rennen um den Gipfel verschärfte sich.
Die Abstände purzelten.
Fünf, drei, zwei......null.
Stillstand. Achill mit der Lederhose schuf einen außergewöhnlichen Augenblick. Er entschied sich für die Schildkröten, und gegen den Sieg. Er blieb - Trivialitäten sind eindeutig keine Grenzen gesetzt -, einfach neben mir stehen und schwieg. Ich fühlte, daß ich etwas sagen sollte, doch meine Sprachzentren versagten den Dienst.
Und so schwiegen wir beide und warteten auf das Heraneilen der Plastikschildkröten.
Nur erschien, wie ich auf den ersten Blick feststellte, die Bezeichnung Eile etwas unpassend. Hasten, Drängeln, und Stoßen wären die adäquateren Ersatzstücke aus der dazugehörigen Wortkiste gewesen.

Der zweite Blick zeigte es noch deutlicher. Es war gerade ein ruinöses Spiel der Kräfte im Gang. Die Anspannung durch den Bergführer war vollständig gewesen, eine Stimulation ins Abseits der körperlichen Kräfte.

Peripherie gegen Beton.

Doch hier kam jede asiatische Gegensatzlehre zu spät. Ying und Yang hatten zu spät den Rettungsring ausgeworfen; Schatten- und Sonnenseite des Hügels brachen klafterweit auseinander. Ein verstohlenes Schielen bestätigte es mir. Im Gesicht des Berglers stand für einen langen Augenblick der Ausdruck von Stolz. Das Vakuum des Lebens wird immer wieder erfüllt mit kurzen Impulsen, dachte ich gequält und wandte den Kopf ab.
Der Rest war eine rasche Folge von Einzelbildern: Asthmatisches Keuchen, das Zittern von Beinmuskeln, verklebte Haare, nach Luft ringende Münder, kondensierende Gläser.
Und, als Kumulation menschlicher Negativposten, müdes Witzeln, das Knacken von Gelenken und Plumpsen ins Gras.
Danach: Stille.
Die Restnatur holte rasch Atem.
Und ich erhielt als Vorwarnung auf Unbestimmtes ein Lächeln, das Steckenpferd, Puppen und Bauklötze zurückholte. Dann klang die Intensität des Augenblicks ab, und ich drehte, wie ein Automat, schnell die Jahre wieder von Alpha nach Omega zurück.
Doch die Kindheit erwies sich als störrisch: Auf Phantasiepapier gekritzelte Einschlafgeschichten, Trugbilder und Hirngespinste huschten rasch und verstohlen vorüber und verschwanden wieder. Unmögliche Fragen wurden gestellt und erhielten keine Antwort.
Heute ebensowenig wie damals.
Ich riskierte einen zweiten Blick und erkannte: Auch das Lächeln war kein reines Puppenlächeln mehr.

Es war eher ein......
Astrologenkreise würden sich wohl jetzt durch muffiges Dunkel hindurch zuflüstern: Der Mond steht im Widder, verwundbar, aggressiv. Eine konfliktreiche Mutterbeziehung.
Und: Der Löwe bewegt sich sehr langsam. Aber er wird ausbrechen. Nur, wohin?
In die Berge kann er nicht, er, der an das Leben im Käfig in den Städten gewöhnt ist.
Was bleibt?
Selbstmord im Käfig?
Wohl kaum!
Simulieren von Depressionen? Allgemeine Ängste? Würgende Krämpfe?
Nein, keine dieser völlig antiquierten Krankheiten! Die Jahre der weinerlichen Stimmungen sind vorbei. Positivdenker sind angesagt, die jeden noch so tranigen Morgen ins dumpfe Gesicht schreien: Mir geht es besser und besser, Tag für Tag, ja sogar nachts.

Ein lautes an- und wieder abschwellendes Rasseln holte meine vagabundierenden Gedanken unvermittelt zur Erde zurück. Um mich herum hatten sich die Plastikschildkröten, schneller als von mir angenommen, wieder in ihrem knarrenden Schuhwerk eingerichtet, schüttelten wie zur Abwehr gegen das Unbestimmte, das im Berg haust, in ungelenken Bewegungen ihre durchwegs strammen Waden kreisförmig hin und her und warfen sich dabei eine Art Gelächter, gewürzt mit Aufmunterungsfloskeln, das von mir als Rasseln gedeutet worden war, an die noch immer stark erhitzten Köpfe.
Eines wurde dabei klar:
Sie setzten das Weiterschleppen ihrer unförmigen Körper fort. Koste es, was es wolle. Und außerdem: Hier rief nicht der Berg, sondern der Bergführer, der sich bereits unbeirrt, und ohne mich noch eines Blickes zu würdigen, aufgemacht

hatte, sein Schuhalpabet unter Zuhilfenahme eines, wie mir schien, besonders schweren Schrittes in den durch Regengüssen aufgeweichten Boden zu stampfen.
Und sie folgten ihm. Eine Frau, ein Mann, zwei Männer, zwei Frauen.......
Ich wartete.
Denn, was gingen mich diese Zufallsmenschen an. War ich nicht mein eigener Herr
Doch ich wartete nicht allein.
Nun scheint an dieser Stelle wohl nicht mehr viel Phantasie vonnöten zu sein, um die bereits weitgehend vorgegebene Gedankenkette in eine halbwegs vernünftige Reihe zu bringen, wer wohl noch wartete. Zudem, ist nicht die Zahl der in den Bergen wandernden Menschen - trotz aller ausufernder Infrastruktur - begrenzt?

Wir warteten also beide, genauer das Puppenlächeln und ich. Der Plan, in einer Art stiller Übereinkunft getroffen, sah vor, den vorneweg watschelnden Bergliebhabern eine Zeitlang gemeinsam zu folgen und es dann - in Fortsetzung unserer immer noch stummen Abmachung - bei diesem zeitlich limitierten Zusammentreffen auch bewenden zu lassen. Zeit war schließlich im Überfluß vorhanden, denn soviel hatte ich aus dem Alltagsgerede bereits heraus gefiltert, daß nämlich die heute noch zu bewältigende Strecke der urbanen Gipfelstürmer bei der nächstgelegenen Berghütte schon ein vorzeitiges Ende finden würde. Dort war dann vorgesehen, mit kräftigender Kost dem drohenden Muskelabbau entschlossen entgegenzuwirken und danach - die geistige Erbauung sollte ebenfalls nicht zu kurz kommen - wollte man sich mit regional eingefärbter Zithermusik, durchtränkt mit lebensbejahenden Jodlern, auf das glückliche Gelingen der morgigen Kammüberquerung einstimmen.

Soweit die Auflistung der vorläufigen Nichtigkeiten. Ein Stück weiter oben am Berg war nämlich bereits der letzte

grellfarbene Fleck - weltweite Signalfarbe und Erkennungs-
zeichen der Städter - , als Mahnung zum Aufbruch hinter
einer kleinen Biegung verschwunden. Uns so setzten auch
wir Fuß vor Fuß, so gut es eben ging. Und es ging ganz gut.
Nur etwas beunruhigte mich. Ein leichter Schwindel hatte
mich gepackt. Die geographische Höhe schloß sich als
Grund von selber aus. So hoch waren wir nun weiß Gott
noch nicht gestiegen. Allenfalls Durchschnittshöhe. Nach
technischen Kriterien: Höchstens zehn voll ausgefahrene
Feuerwehrleitern. Oder noch anschaulicher: Die Höhe eines
modernen Fernsehturms. Die andere Möglichkeit: Das
Puppenlächeln machte mich schwindeln. Dieser Fall geriet -
einige Blicke, wenn auch nicht sehr viele, waren bereits
ausgetauscht worden - ebenfalls schnell in den Bereich des
Unwahrscheinlichen.

Eine Wegdefinierung durch die von mir als Erklärung herangezogenen Punkte schien also nicht zu genügen; überdies verstärkte sich der Schwindel noch. Vielleicht ist da
noch anderes im Gange, dachte ich mühsam und schwankte leicht, als darüber hinaus ein kleines, wie aus dem
Nichts sich materialisierendes wolkenähnliches Gebilde
langsam vor meinen Augen vorbeizog und dann plötzlich
wieder verschwand. Und auch der Schwindel legte sich.
Dafür trat eine andere Sorge in mein auf Augenblicke aus-
gerichtetes Leben. Hatte die vom Zufall herbeigerufene
Bergkameradin Wind von meinen Schwächen bekommen?
Nichts deutete darauf hin, und so setzten wir unseren, äußerlich nie unterbrochenen Aufstieg munter fort.
Immer höher stiegen wir, euphemistisch gesprochen. Den
Blick kühn in die Ferne gerichtet. Zu den Gipfeln, den Fel-
sen, den Bäumen und anderen Dingen. Bald würde, dies
spürte ich deutlich, die seit Jugendtagen verschlungene
Bergliteratur reiche Früchte tragen.
Doch damit nicht genug.

Das Bild wurde noch zusätzlich angereichert. Ein anschwellendes Rauschen wurde hörbar und nahm, ganz im Sinne der Physik, noch zu, je mehr wir uns der Schallquelle näherten.

Wobei die benützte Substantivkoppelung diesmal keine bloße sprachliche Verschnörkelung darstellt, sondern es handelte sich tatsächlich um eine ziemliche Menge klaren Wassers, das hier so lebhaft, wie ich es aus der erwähnten Literatur in Erinnerung hatte, über eine weit oben hervorstehende Felsnase herausschoß, sich in kurzen Abständen wie widerwillig aufbäumte, so, als wollte es im allerletzten Moment noch seinen Lauf ändern, um dann etwa fünfzig oder sechzig Meter in die Tiefe zu stürzen, nicht ohne im Umkreis von einigen Metern einen in der Sonne glitzernden Gischtvorhang zu verstreuen.

Hastig nähertreten und nach oben blicken war für mich eins. Dann wandte ich den Kopf der Gischt zu und steckte ihn übermütig - immer, sobald der Wind in meine Richtung blies, meine Begleiterin war etwas abseits geblieben - ein bißchen tolpatschig, wie mir schien, in den sprühenden Wasserregen, wobei mein Gesicht mit einer feinen, perlenden Schicht überzogen wurde. Dann schüttelte ich den Kopf, ähnlich einem nassen Hund, und versuchte es von neuem.

Hatte sich nun meine alpine Erlebniswelt doch noch unversehens, wenn auch auf eine mehr infantile Art ausgeweitet, oder steckte anderes dahinter? Zu dem eben beschriebenen Zeitpunkt gab es jedenfalls nur Vages, Unbestimmtes, geistig nicht Eingrenzbares für mich.

Wie auch immer: Ich setzte die alberne Steigerung eines nicht begriffenen Ablaufes, eine von mir als Spiel eingeschätzte törichte Handlung unbeirrt fort. Denn nicht nur der Kopf wollte mit ungewohnten Situationen konfrontiert werden, nein, auch die Füße schrien förmlich danach. Und wurden etwa die Beine nicht geradezu von den für sie passenden Gegenständen gereizt, nahezu magisch angezogen, verselbständigten sie sich nicht?

Zur Berichtigung: Etwas Rundes, Ballähnliches, gab es in diesen Höhen nicht. Dies wäre wohl zuviel des Guten gewesen. So viele Fußballmannschaften kamen selbst in unserem hochmotorisierten Zeitalter noch nicht in die Berge, um hier, abseits von tobenden Zuschauermassen, inkognito eine neue Disziplin zu kreieren, den Gipfelkick oder ähnliches. Kurzum, meine Extremitäten wurden von den Überbleibseln der sogenannten Zivilisation angelockt, die bis hierher ihren Weg gefunden hatten. Gewalztes Blech, zu schönen roten Dosen geformt, unverkennbarer, global gültiger Kulturausfluß. Jedenfalls muß mein dafür zuständiges Bein die Angelegenheit im sportlichen Sinne aufgefaßt haben, denn es schlug nahezu reflexartig zu und beförderte zwei oder drei von diesen kulturellen Ausprägungen einer hochstehenden humanoiden Entwicklungsstufe in weiten Bogen genau in die Mitte des herabfallenden Wassers, das an dieser Stelle einen kleinen Tümpel bildete. Dort angekommen wurden sie, da leicht wie ein Korken, hochgehoben und hüpften einige Male lustig auf und ab, wobei der begrenzte Informationsgehalt ihrer weltweit bekannten Semiotik noch ein paarmal wie trotzig aufblitzte, um dann, offensichtlich erleichtert, ihren von gedankenlosen Zeitgenossen zugewiesenen geographischen Ort, auf dem sie womöglich für lange Jahre hätten ausharren müssen, verlassen zu können, seltsam befreit auf der in ein Bächlein übergehenden Wasseroberfläche einfach davonzuspringen, nicht ohne bei dieser Gelegenheit ihren blendend hellen Farbaufdruck noch lange erkennen zu lassen.

Schranken, sind sie erst einmal gefallen, reißen immer mehr mit sich, und am Schluß wird alles unter ihrer Last begraben! So, oder so ähnlich heißt es in einem Sprichwort. Nun, wer glaubt schon solch antiquiertem Gefasel? Ich tat es jedenfalls nicht und setzte deshalb ungerührt meine Albernheiten fort. Da meine Weggefährtin, wie bereits erwähnt, nicht mit mir begeistert in den Brennpunkt der Geschmacklosigkeiten eingetreten war, sondern einige bedeutsame Meter Abstand gehalten hatte, war es mir ein Leichtes - obwohl ich glaube, daß dies keine große Rolle gespielt hätte - , meine infantile Haltung noch auszubauen. Vielleicht war der Tag wirklich ein Rückgriff in die Vorerwachsenenzeit, in die Unstrukturiertheit der Kindheit. Vieles in der Hinsicht bleibt offen. Mein Verhalten deutete jedoch unter allen Umständen darauf hin.

So brachte ich das in Spiel, was aufgesetzte Überlegenheit bedeuten kann und soll, nämlich die maskuline Variante. Aber noch einmal: Weit gefehlt, wer hinter dieser Andeutung mehr vermutet, als möglicherweise darin enthalten sein könnte. Hier handelte sich schlicht und einfach um eine harmlose Demonstration des Infantilen.

Um den Kern der Sache näher zu kommen: So wie Buben im Winter im hohen Bogen in den Schnee pinkeln, um sich dort mittels eines leicht dampfenden Wasserstrahls mit einem gepflegten Schriftzug für kurze Zeit in den Kreis der Unsterblichen einzureihen, so führte ich auch hier wieder Wasser zu Wasser zurück. Gewissermaßen eine unseriöse, der Natur aufgedrängte, chymnische Hochzeit des Banalen. Individuum plus Natur, Wasser zu Wasser usw.

Nichtsdestoweniger betrachtete ich wie gebannt den Wasserstrahl - einer der oben zur Verdeutlichung des Ablaufes herangezogenen Knaben hätte dies bestimmt nicht besser gekonnt - folgte ihm stolz mit den Augen und freute mich diebisch an den gelegentlich aufplatzenden Schaumblasen.

Stand hier nicht die Frage eines schöpferischen Aktes wie von selbst im Raum? Waren nicht die uralten Mysterien aller Formbildung stärker als ich? Gebilde, wie von Geisterhand - oder war es Gotteshand - geschaffen und wieder vernichtet. Wirbel, die entgegen des vom Menschen angewandten Prinzips ihre verschwenderische Kraft nach innen, dem Zentrum richteten. Und, und.......

Und ich? Was tat ich, inmitten all des Erstaunlichen? Setzte ich die Suche nach dem Wunderbaren fort?

Nein, ich tat nichts dergleichen. Ich spuckte stattdessen wie ein Verrückter einfach in den Wind, einmal, zweimal, öfter und beobachtete verzückt, wie mein Speichel auf das sich bewegende Wasser traf und den immer seltener auftretenden Blasen in stillem Einvernehmen folgte, ohne sie je erreichen zu können.

Aber, ich tat noch anderes.

Ich tauchte meine lehmverkrusteten Schuhe ins Wasser, wartete, bis es langsam an den Schuhen höher kletterte und zog sie dann wieder zurück, wieder und wieder, bis sich die anhaftende Erde sachte aufgelöst hatte, in kleine Sandteilchen zerfiel und verschwand.

Wurden einerseits materielle Dinge geradezu spielerisch zum Verschwinden gebracht, so bildeten sich andererseits neue, von mir nicht faßbare in Windeseile heraus. Denn kaum waren die letzten, mit dem bloßen Auge sichtbaren Erdkrümel auf Nimmerwiedersehen talabwärts getragen worden, als an meinen Armen längliche, tiefblaue Flecken auftraten und wie eine Reihe schlampig marschierender Soldaten ungleichmäßig in Richtung Hände zogen. Dies geschah mindestens fünf- bis zehnmal, wobei ich bemerkte, daß die gleiche Reaktion sich auch, unsichtbar für das Auge, unter der Hose, an den Beinen abspielte.

Und im Gesicht?

Auch hier fand derselbe Ablauf statt, wie ich ohne große Mühe aus dem zu einer fahlen Maske erstarrten Mienenspiel meiner Mitwanderin entnehmen konnte, die sich, weitgehend unbemerkt von mir, wieder angenähert hatte.

Drückte es Entsetzen oder Erstaunen aus?

Im Moment jedenfalls hatte ich andere Sorgen, als mich auf eine ausführliche Mimikinterpretation einzulassen, da das Auftraten der Flecken mal von ziehenden, mal von pochenden Schmerzen begleitet war, die mir in ihrer ungeheuren Intensität in Windeseile die noch möglicherweise vorhandenen Reste von Klarheit in meinen Gehirn ausräumten und mich für die Dauer dieser unangenehmen Empfindung auf das bloße Funktionieren meiner Nerven reduzierte.

Und weiter! Sobald das „Hautphänomen", wie ich es hier mangels anderer Ausdrücke bezeichne, den untersten Punkt erreicht hatte - in weniger gestelzter Sprache ausgedrückt: die Beine malträtierte - , nahm ich zusätzlich noch ein seltsames Zittern in den Füßen wahr, beinahe um mir kundzutun, daß hier das Ende eines möglichen Versuchsablaufs gekommen sei, ein Signal also, kehrtzumachen und von oben erneut zu beginnen. Die eben benützte Bezeichnung Versuch, von mir in einer eher unbewußten Absicht heraus gewählt, trifft dennoch für meine damalige Situation den viel bemühten Nagel auf den Kopf. Denn ebenso wie der Nagel dem ihn traktierenden Hammer ausgeliefert ist, so war ich ohnmächtig mir unbekannten Mächten preisgegeben, diente ihnen als unfreiwilliges Objekt.

Diese Mächte, oder wie auch immer solche Erscheinungen zu deuten sind, ließen damals noch lange nicht von mir ab.

Offensichtlich hatten sie an mir Gefallen gefunden. Wobei, dies sei vorausgeschickt, normale Zeitbegriffe hier nicht taugen. Kann doch ihr Auftreten kaum in Worte gefaßt, noch viel weniger gemessen oder irgendwie anderweitig eingeordnet werden. Und Zeit stellte in einer solchen Lage, wie man sich wohl leicht vorstellen kann, eine meiner geringsten Sorgen dar. Vielmehr war ich damit beschäftigt, mit meinen Schmerzen klarzukommen, die mich in unperiodischen Wellen überfluteten. Besonders die Haut wurde am schlimmsten heimgesucht. Hatte sie nämlich vor einigen Momenten noch über eine nur geringfügige überhöhte Temperatur verfügt, so fühlte sie sich nun, ohne jeden erkennbaren Übergang, beinahe wie ein glühender Herd an. Humoristisch betrachtet: Vielleicht sollte mir mit diesem Zwischenspiel dezent ein leichter Vorgeschmack auf noch härtere Zeiten veranschaulicht werden.

Rätsel über Rätsel.

Dazu kamen andere, alles durchdringende Empfindungen noch hinzu und vereinigten sich zu einem unerträglichen Schmerzcocktail.

Hier erscheint eine kurze Abschweifung über den damaligen Ausprägungsgrad der Schmerzen recht nützlich. War doch deren Ausstrahlung so stark, daß sich wie von selbst die Frage aufdrängt: Ist der Körper im Schmerz noch der eigene, oder verfügen hier andere Kräfte über ihn? Gegebenenfalls wäre die Situation auch anders gewesen, wenn ich die Schmerzen bewußt gesucht hätte. Ich denke dabei an gewisse Praktiken der Schmerzerzeugung durch religiös ausgerichtete Rituale wie Geißelung oder noch extremer, das Aufhängen an Haken, wie es einige Indianerstämme bis vor wenigen Jahren noch praktizierten und ähnliches. So aber verfügte der Schmerz über mich, ohne mir die geringste Chance einer Abwehr einzuräumen.

Ob diese Überlegungen sehr brauchbar sind, wage ich nicht zu beurteilen, unterliegt doch jeder Mensch anderen, nur ihm eigenen Schmerzauslösern. Außerdem hatte ich diesbezüglich, scheinphilosophische Haarspaltereien eingeschlossen, nichts am Hut. Schließlich war ich es als Westler gewöhnt, solche Dinge auf eine uns typische Art und Weise zu lösen, nämlich durch den modernen, den beschleunigten Dreierschritt: Eine Tablette, zwei Tabletten und je nach Bedarf noch eine.... Oder flapsiger ausgedrückt: Einwerfen, den Kopf schütteln, abhaken. Ende der unguten Stimmung.

Nun, medizinische Krücken standen mir leider nicht zur Verfügung. Auch an Apotheken herrschte hier oben akuter Mangel.
Was also tun?
Der Möglichkeiten gab es viele.
Die naheliegende von allen, einfach ins Wasser zu springen, um mich abzukühlen, schied wohl aus. Wurde ich doch gerade während des Plantschens im Wasser in die vorliegende, unangenehme Situation gebracht, wobei mir ein Kausalzusammenhang jedoch als nicht plausibel erscheint.
Der Rückmarsch ins Tal?
Das brachte kurzfristig zur Schmerzlinderung ebenfalls nichts. Wenn ich dazu überhaupt in der Lage sein sollte.
Was blieb noch?

Die Methode der Fakire und anderer Asketen, den Schmerz lachend, salopp ausgedrückt, ins Auge zu sehen,
Dazu fehlte mir leider, wie bemerkt, der Zugang. Und mein weiblicher Mitmensch? Konnte der mir eine Hilfe sein?
Hier waren gelinde Zweifel angebracht, denn das Gesicht meiner Zufallsgefährtin blieb noch immer in gewisser Maskenhaftigkeit erstarrt, wobei die Züge sich wieder leicht entspannten, um langsam in die von mir gewohnte Normalform zurückzufinden. Konnten die Gesichtsmuskeln die unge-

wohnte Anstrengung nicht verkraften und kündigten sie deshalb ihre Mitarbeit auf oder steckte anderes dahinter?

Ein rascher Blick auf meine Arme räumte letzte Zweifel aus. Die Flecken waren genauso rasch, wie sie gekommen waren, wieder verschwunden. Ebenso die Schmerzen. Der Körper ist immer wieder für Überraschungen gut, dachte ich erleichtert und atmete tief durch. Stand doch einer erneuten Geburt nichts mehr im Wege.
Und wie lange dauerte das Ganze?
Realistisch geschätzt höchstens ein paar Sekunden, oder wenn es hoch kommt, zwei, drei Minuten.
Bleibt zu fragen: War nach diesem eher ernüchternden Ereignis die weitere Wanderfreude eingetrübt?
Hier bietet sich, gemäß einem binären Antwortkomplex und in mehr stiller Einfalt vorgetragen, folgendes an, nämlich: Ja und nein!
Expliziter: Ein Nein schloß sich aus, da eine mögliche oder ähnlich gelagerte Wiederholung des Erlebten im Rahmen des Unvorhersehbaren lag. Somit ist vorweggenommen und jeder Scheindialektik wie selbstverständlich die Durchschlagkraft geraubt, daß das Ja, wenn auch nicht gerade mit besondere Eindringlichkeit vorgetragen, ein deutliches Übergewicht erlangte.
Außerdem, und dieses Wörtchen hat es in sich, drängten sich die banalen Bereiche des Lebens wieder mit stürmischer Macht in den Vordergrund und zeitigten eine lachende Sonne droben am blauen Himmel, einen Tag der noch jung war und so weiter.
Rein nichts hatte sich geändert, es sei denn, es sei denn, ich wäre ein klein wenig ein anderer geworden. Vergleichsmaßstäbe für eine persönliche Transformation standen mir jedoch nicht zur Verfügung. Dies war schließlich eine Sache von vielen Erfahrungsabläufen zusammengenommen, und so etwas dauert, nüchtern betrachtet, für gewöhnlich sehr lange, oft Jahre.

Zunächst aber war wieder Fröhlichkeit angesagt, und so verließ ich, samt meiner noch etwas gedrückt erscheinenden Begleiterin, rasch das sprudelnde Naß. Ich wußte, durch meine chamäleonartige Erscheinungsweise hatte ich sie nicht etwa in einem mehr clownesken Sinne belustigt, sondern war unversehens in eine eher ungesunde Position geraten, und zwar nach dem Motto: Ein vereinzelter Mensch in den Bergen kann vieles sein: ein kühner Wildschütz, ein Edelweißdieb oder anderes gesagt, bemüht man die mehr menschlich zugewandte Variante, ein heimlicher Liebhaber, der unter Menschelmangel leidenden Sennerin. Er kann aber auch, stellt man einmal diese hilflos veralteten alpenländischen Kategorien weitgehend zurück, ein von strikten Norm abweichender automüder Porschefahrer, ein des Sekts überdrüssig gewordener Yuppie und noch bösartiger, ein weitab von der Zivilisation vor sich grübelnder, verbissen den nächsten Karriereschritt planender Politiker ohne das obligatorische Funktelefon sein.

Doch kann er auch über die gleichen Merkmale verfügen wie ich?

Nein, das kann er nicht. Das kann nur ein kleines Monster! Ein rascher Blick in ihr Gesicht, das keine Spur eines Puppenlächeln mehr aufwies, bestätigte meine Vermutung, nämlich daß sie um jeden Preis lieber mit einem kleinen Edelweißdieb, aber ebenso gerne auch mit einem gelangweilten Autofahrer vorliebgenommen hätte, als ausgerechnet mit mir. Schließlich war eine solide Einordnung in menschliche Regeln eine viel überschaubarere Angelegenheit als das Auftreten von Unerklärbarem.

Aber, stand ich nicht vor dem gleichen, wenn auch anders gelagerten Problem? Hatten doch die Dinge mich im Griff und nicht ich sie.

Soweit die inneren Abläufe!

Was die äußeren betraf: Wir hatten, wie bereits erwähnt, den Beinen wieder ohne weitere Umstände ihr natürliches Bewegungsrecht zugebilligt, was bedeutete, daß es weiter nach oben ging, wobei die Betonung auf oben bewußt klar stellen soll, daß ein Oben trotz meiner erst vor kurzen durchgeführten Vorüberlegungen über Göttersitze und Zufluchtsorte von unliebsamen Erscheinungen wohl so schlecht nicht sein kann, führen doch die Wege ins Verderben bekanntlich in nahezu allen Fällen nach unten. Und diesem Drang wirkten wir ja wie selbstverständlich entgegen.

Nur etwas stimmte mich bei dieser Betrachtung nachdenklich. Waren wir doch auch bisher nach oben gestiegen, oder besser geschlendert, denn über eine gediegene Seniorengangart hinaus hatte unser Ehrgeiz nicht gereicht. Und gemäß dem Gesetz der Serie standen nun neue Überraschungen an.

Um noch klein wenig das angefangene Spielchen fortzusetzen: Innere oder Äußere?

Die Zufallsforscher würden wohl mehr extrovertiert reagieren und versuchen, die Umgebung mit Regeln zu überziehen, um das für sie Relevante dabei herauszuziehen. So hat es als sicher zu gelten, daß zehn bis fünfzehn mit Durchschnittsgeschwindigkeit hintereinander marschierende Gartenzwerge mit langen weißen Bärten und den obligatorischen Zipfelmützen bei ihnen noch keine gebührende Aufmerksamkeit auslösen würde. Hier müßten wohl andere, von der Norm abweichende Schematas auftreten, um die Alarmglocken läuten zu lassen, wie zum Beispiel der unpassende Tabak in ihren Pfeifen oder ein arhythmisches

Hinken auf dem linken Bein und andere Anormalitäten. Eindeutiger wären allerdings konkrete Naturerscheinungen. Ich denke dabei an purzelbaumschlagende Hasen oder an einen Schwarm schneeweißer Eulen. Rückschlüsse um Rückschlüsse würden ungeahnte Möglichkeiten enthüllen, und den sogenannten Zufall würde im Nu der Garaus gemacht werden. Und nach gewissen Rückschlüssen würde es eintreten, daß......

Hier trat tatsächlich etwas ein, nämlich das Außenleben brach mit Macht in mein spintisierendes Innenleben ein und zwar in Form eines Schreis, ausgestoßen von meiner Begleiterin. War der Schrei hoch oder tief?

Nun, dieses ungeheure Geheimnis wird wohl oder übel noch für unbestimmte Zeiten in der Verborgenheit ruhen, dann er war selbstverständlich aus anderen Gründen ausgestoßen worden, und die hatten mit dem simplen Absingen der Tonleiter nichts gemein. Er sollte, dies war offensichtlich, eine verbale Inanspruchnahme meinerseits erzwingen, und so betrachtet, erfüllte er auch seinen Zweck. Verknüpft war er zusätzlich mit dem Heben des rechten Armes und einem ausgestreckten Zeigefinger.
Kooperativ hob ich den Kopf und folgte diesem brav mit den Augen. Im Fokus des Fingers war in zwei oder drei Metern Höhe ein Felsspalt zu sehen.

Ein Felsspalt eben, bestimmt nichts Interessantes oder gar Aufregendes. Aber forderte eine Öffnung nicht die den Bergen innewohnenden Klangmöglichkeiten heraus?
Ob dies auch im Sinne der Entdeckerin war?
Wohl kaum, denn sonst hätte sie es bestimmt vorderhand vermieden, ihren Arm und ihren Finger zu erheben, konnte sie doch mittlerweile - vermutlich ohne große Schwierigkeiten - meine mögliche Reaktion voraussehen.

Nun muß jedoch klargestellt werden, daß ich normalerweise, - so sehe ich mich wenigstens selbst - , kein überspannter Irrer bin, der irgendwo herumläuft und auf das geringste Anzeichen hin sofort sein gesamtes Potential in Bewegung setzt, um so rasch, so tölpelhaft, so unbedarft wie möglich, die gesamte Umgebung mit Chaos zu überziehen.

Als Wirkungsursache, genauer, als matte Ausrede, verbleibt mir nur, den betreffenden Tag dafür verantwortlich zu machen. Er war, ich wiederhole mich, nicht gerade einer meiner glücklichsten. Was wiederum nicht als Vorwand dazu dienen soll, daß ich gerade während dieser Zeit gewissermaßen nur als Marionette von irgendwelchen Mächten herhalten mußte, die nur darauf lauerten, bis ich reif zum Abschuß war.

Fazit: Unklarheiten über Unklarheiten!

Aber nun zum Ablauf selbst!

Berg, Höhle und Echo fügten sich jedenfalls wie ein Puzzle im Moment des Erkennens solcherart gelagerter Zusammenhänge wie von selbst zusammen. In bester Bergfextradition sprang ich also auf den höher liegenden Felsspalt zu, kletterte hurtig wie ein vergifteter Affe nach oben, was mir, wie ich später akribisch auflistete, ein paar lange Schürfwunden sowie drei abgerissene Knöpfe einbrachte, steckte den Kopf zwischen die Felsen und ließ einige alberne Reime los, um den den Bergen nachgesagten Widerhall hervorzulocken, wobei ich, dem Alphabet folgend, mit einfachen, gestammelten Worten begann, geradeso wie sie mir in den Sinn kamen, und mit - meiner Ansicht nach - anspruchsvollen schloß. Das klang dann in etwa so: Afrika, ah, aha, allda, i-ah, ja, trallala. Hier lauschte ich ein paar Sekunden angestrengt, schließlich benötigt der Schall seine Zeit, um sich frei entfalten zu können, und stellte dann verblüfft fest, daß die Endungen immer mehr dem angestrengten Ruf eines Kleinkindes ähnelten, das sich in einer, für sein Alter nicht ungewöhnlichen Situation befindet. Nun, die Phantasie überwindet alle Schranken, dachte ich amüsiert und wechselte kühn in eine andere Buchstabengruppe, um eine gewisse Nähe zu bestimmten Tiergattungen herauszuarbeiten, die, dem Hörensagen zufolge, über auch dem Menschen innewohnenden Grundeigenschaften verfügen.

Zusätzlich sollte dadurch eine erhöhte Kommunikationssteigerung, um zwar, hie Mensch, da Berg, erreicht werden. Sie lautete: Bläue, Schläue, Säue, ich dräue, käue, eue. Daneben versuchte ich mich ein wenig mit den Daseinsformen, als späte Rache an den tödlich langweiligen Irrfahrten durch die sogenannten Bildungslandschaften gedacht. In loser Folge: Adresse, Blesse, Esse, Fresse, Komtesse, Mätresse, Messe, Presse, Tresse, kesse, ich esse, pesse, ässe, bis mir die Ohren vor lauter Zischlauten brummten und es in der Höhle wie ein einem Bienenstock summte.

Was ich noch alles an Geschmacklosigkeiten losgelassen habe, dessen entsinne ich mich nicht mehr. Sicher war es noch eine ganze Latte an Trivialitäten, denn daran herrschte bei mir nun wirklich kein Mangel.

Ging nun der Berg auf meine geistlosen Annäherungsversuche ein?

Das Resultat vorweg: Nein, und nochmals nein! Denn erstens sind Höhlen für derlei pubertäre Spielchen weitgehend ungeeignet, was mir natürlich ebenfalls nicht fremd war, und zweitens trat etwas ein, womit selbst mit nur lückenhaften ökologischen Kenntnissen ausgestattete Menschen immer zu rechnen haben. Doch diese Überlegungen betrafen mich zu dem Zeitpunkt nicht. Damals war ich nur ein Tolpatsch par excellence, um einmal die eben bemühten fremdsprachlichen Kenntnisse ein wenig nachwirken zu lassen.

Damit nun der eigentliche Zusammenhang nicht verloren geht, sei festgestellt: Ein Stück Natur, in Form eines Fledermausschwarmes, machte sich bemerkbar. Durch meine Albernheiten hatte ich die nachtaktiven Tiere aufgeschreckt und so gezwungen, ihren sicheren Unterschlupf zu verlassen. Ohne daß dies eine sichtbare Wirkung bei mir gezeitigt hätte, legte ich ungerührt den Kopf in den Nacken, beobachtete, wie sie orientierungslos, in Chaosreihe nach heutiger Diktion, ein paar Runden drehten und daraufhin aus meinen Sichtkreis verschwanden.

Weitere Lückenfüller reflexiver Art, ein Warum, Weshalb und Dergleichen betreffend, so wie ich es bisher zwischen meinen einzelnen Ausrutschern versucht habe, spare ich mir diesmal, denn alle Versuche nach Vernunftkriterien Ausschau zu halten, waren, betrachtet man sie genauer, von einem ungeheuren Dilletantismus getragen und unnütz wie ein Blähhals. Deshalb springe ich, von neuer, programmatischer Sachlichkeit getrieben, ohne weitere sprachliche Redundanz in den darauf folgenden Ablauf des Geschehens hinein und stelle fest: Wir gingen einfach weiter!

Nur - eine unbeabsichtigte Einschränkung schmälert meinen Vorsatz etwas - , wir setzten unseren beschaulichen Plaudergang am Berg nicht mehr gemeinsam fort, sondern mein weibliches Pendant eilte, besser floh, mit raschen Schritten davon. Sie würde sich, dessen war ich mir ziemlich sicher, - immer vorausgesetzt, sie behielt diese überschnelle Gangart bei - , ein paar ekelhaft schmerzende Blasen an den Füßen einhandeln, was sie jedoch, wie es den Anschein erweckte, billigend in Kauf nahm, und zwar offenbar nur aus der kleinen Ursache heraus, mich nicht länger ertragen zu müssen.

Selbstzweifel, hervorgerufen durch dieses etwas ungestüme Verhalten, wurden jedoch bei mir nicht freigesetzt, deckte sich doch dieser leicht doppeldeutig auszulegende Schritt weitgehend mit meiner Einstellung, die, getragen von gewisser elitärer Arroganz in lockerer, interpretationsoffener Sprache, ungefähr so lautete: Herdentiere streben unverzüglich zur Herde zurück, denn nur bei ihresgleichen fühlt diese verabscheuungswürdige Gattung sich wohl, nein, sogar sauwohl.

Besser hätte es vielleicht heißen sollen: Betrachtet man es von einem entgegengesetzten Blickwinkel aus, so ist ein Irrer allein unberechenbarer als eine Horde Irrer zusammen. Mag man es nun drehen und wenden wie man will: Der Ansatz einer zwischenmenschlichen Beziehung löste sich jedenfalls buchstäblich in der gesundheitsstrapazierenden, ozongesättigten Luft auf, und auch der geographische Abstand wuchs. Da aber schließlich, wie erwähnt, eine bisher unbekannte Objektivität von mir Besitz ergriffen hatte, verbannte ich derlei Lappalien ohne weitere Umstände auf die dafür bestimmten Psychoschrotthalden und ging ebenfalls meiner Wege, ohne ihr auch noch einen einzigen Blick zu schenken. Aus den Augenwinkeln nahm ich allerdings wahr - dies muß ich einräumen, denn eine gewisse Sorgfaltspflicht ist schließlich einem humanen Wesen in allen Situationen zu eigen -, wie ihre Gestalt behende an Größe abnahm, was selbstredend nur eine optische Täuschung darstellte, bleibt doch der Mensch bis an sein Lebensende von gleicher Statur, mit einer einzigen Ausnahme, daß er, nähert er sich seinem Lebensende, ein paar unschuldige Zentimeter schrumpft. Bald, und hier quillt das Geschriebene, wohl um den Augenblick zu bannen, ein wenig zu mächtig auf, war auch ihr maßstabgetreu sich verkleinernder Umriß ganz verschwunden, und mein Auge war endlich wieder frei für neue Eindrücke.

Ansonsten, so legte ich meinem weiteren Wegeplan fest, konnte es wohl nicht schaden, wenn ich eine kleine Weile, sozusagen um wieder ein eigenständiges Profil zu gewinnen, den deutlich sichtbaren Spuren der von mir verschmähten Herde folgte, gewissermaßen so, wie ein Hund sich an den Duftmarken einer Fährte orientiert, um so den unerwartet eingetretenen menschlichen Entzug leichter zu überbrücken. Denn bei allem gespielten und vorhandenen Eigensinn: Die Zugehörigkeit zu dieser Säugetierart ist doch nicht so leicht zu verleugnen. Außerdem mag im Hinblick auf die Gruppe der Vorausgegangenen eine gewisse Bequemlichkeit mitgespielt haben, bewegten sich diese schließlich ebenfalls nur auf vorgegebenen Pfaden, die, gekennzeichnet durch leuchtend rote Rechtecke, noch zusätzlich mit weißen Ummalungen betont waren, sozusagen sehfreundlich auf die in den Städten vorherrschende Kurzsichtigkeit ausgelegt. Als eindringliches Lernbeispiel wurde hier dem unbedarften Wanderer überdeutlich vor Augen geführt, daß eine fußtechnische Erschließung schon lange nicht mehr genügte, nein, auch das Sehorgan mußte in eine solide Ordnung gezwungen werden, und dies hieß, das Auge hatte von Rechteck zu Rechteck zu springen.

Nun, dieser Ordnung konnte auch ich mich nicht entziehen, und so trottete ich, Zeichen um Zeichen aufspürend, dabei müde Ahas ausstoßend, geraume Zeit lustlos vor mich hin. Allerdings, wie man sich leicht vorstellen kann, nicht sehr lange. Wäre mir doch andererseits diese unangenehme Erfahrung erspart geblieben, hätte ich mich......

Ohne den Satz zu vollenden - er ähnelt zu sehr bereits bekannten -, schlage ich lieber mit einer Lückenbüßerfrage zurück: Sind wir nicht alle Marionetten von unbekannten, unbewußten Dingen?

Genug! Genug!

Sicher ist nur, daß mich mein rastloser Geist rettete, und so den Willen zum eigenen Sehen und Denken wieder in mir weckte. Ich war erneut frei und wußte: Der menschliche Kontakt hatte mich bloß zu kleinen Gedanken gezwungen und auch beinahe überwältigt. Jetzt aber kehrte das Groß-mäulige mit Macht zurück. Und genau dies kam auch in meinen weiteren Verhalten zum Ausdruck, als ich gerade-wegs auf eine kleine, weiß gekalkte Kapelle zusteuerte, die unter zwei Bäumen mit tief herabhängenden Zweigen stand - und sich nicht etwa duckte, wie ein solches Panorama gerne beschrieben wird - , nein, sondern einfach nur da-stand. Genauer betrachtet, wurde ich von diesem etwas schäbigen Bauwerk geradezu magisch angezogen. Da al-lerdings - diese Einschränkung folgt stehenden Fußes - ei-ne „Besichtigung" nicht gerade viel Zeit in Anspruch neh-men würde, versuchte ich sie deshalb zu verlängern, indem ich langsam um das mit Schindeln gedeckte Mauerwerk wie suchend herumging, um dann, sorgfältig Fuß vor Fuß set-zend, die Länge und Breite zu messen. Warum ich diese Handlung durchführte, kann heute nicht mehr nachvollzie-hen. Jedenfalls weiß ich noch, daß ich nach Beendigung dieses selbstauferlegten Meßvorganges, zur Vorderseite zurückkehrte und durch das im Oberteil des Einganges an-gebrachte, leicht angerostete Kreuzgitter ins Innere des winzigen Raumes starrte, der bis auf den unverhüllten, ver-staubten Altaransatz, auf dem eine Vase mit längst ver-trockneten Wiesenblumen lag, leer war. Wobei natürlich, angesichts dieser mehr als mickrigen, touristischen Aus-beute, wie selbstverständlich einige abfällige Bemerkungen in mir aufstiegen, den augenscheinlichen Verfall der Kirche als solches betreffend, und, einmal in Schwung gekommen, ließ ich auch die Heiligen, Engel und ihre düsteren Gegenspieler nicht ungeschoren.

Zusammengenommen: Nichts Außergewöhnliches! Folgte ich mit meinen abwertenden Redebeiträgen doch nur den gängigen Verhaltensmustern der Kirche gegenüber, diese bei allen sich bietenden Gelegenheiten mit Hohn und Spott zu überhäufen. Schließlich, betrachtete man es mit einiger „kritischer" Deutlichkeit, so war diese ungeliebte Institution ja am katastrophalen Zustand der Welt nicht ganz unschuldig, nein, anders gesagt, sie war an allem und jedem schuld, und daher stellte sich die Reaktion meinerseits, nur als angemessene Antwort dar.

Auf längere Sicht aber genügten bloße Worte nicht mehr, Taten mußten her, um meinen Unmut verrauchen zu lassen. So brach ich ungestüm einen gerade gewachsenen Zweig ab, entfernte grob das Blattwerk und schlug damit einige Male mehr spielerisch gegen die Wände des Kirchleins, wohl mehr aus einer atavistischen Laune heraus. Erinnerte ich mich doch, daß in früheren Zeiten unbelebte Dinge sowie Tiere als Rechtspersönlichkeiten angesehen und entsprechend bestraft werden konnten. Da mir aber im Augenblick kein tierisches Eigentum des Klerus, etwa in Form einer Kirchenmaus, oder, in der Hierarchie höher angesiedelt, eines Hahnes und ähnliches zur Verfügung stand, so mußten eben die Mauern herhalten.

Um übrigen: Das Resultat fiel mager aus, um nicht zu sagen, es bewegte sich gegen null. Denn, außer einer leichten Prellung der rechten Hand konnte ich mit keinen Erfolg aufwarten. Die Wand blieb stumm, ich wurde stumm, und ich beschloß daraufhin, endgültig zu verstummen, was bedeutete, daß ich entschied mein alpines Gastspiel unverzüglich abzubrechen und zu den modernen Errungenschaften unserer Zeit zurückzukehren: Zu rauchiger Luft in

stickigen Räumen, zu betäubenden Alkohol, zu kommuni-
kationshemmenden Lärm, zu prickelnder Hast der Groß-
stadt und anderem.

Sollte sich in den Bergen herumtreiben, wer Spaß daran
hatte. Ich jedenfalls gehörte nicht dazu. Ich hatte genug von
sogenannter Natur, von Wind, Sonne und langweiligen grü-
nen Dingen, wie Grashalmen, Blättern, Sträuchern und dergleichen mehr und von der ungewohnten, frischen Luft, die
nur eine lästige Müdigkeit bei mir erzeugte. So brummelte
ich noch eine gute Weile vor mich hin und blickte daraufhin
zur Sonne, um die Zeit abzuschätzen. Verblüfft schüttelte
ich den Kopf: Wie lange sich ein Tag ohne zeitbeschleuni-
gendes, technisches Spielzeug hinziehen konnte! Die Sonne wollte und wollte nicht untergehen.

Nun, eine gewisse Zeit ließ sich gewiß mühelos überbrük-
ken. Ich würde ganz einfach irgendeine schattige Stelle in
Beschlag nehmen und dort versuchen, vor mich hin zu dö-
sen oder etwas ähnlich Gelagertes tun. Beim Dämmer-
schoppen war dann definitiv mit meiner Anwesenheit zu
rechnen.

Und der Platz mit dem hoch aufragenden Baum, den ich
noch vor ein paar Stunden für derlei Absichten als Orientie-
rungspunkt in Erwägung gezogen hatte?

Der sollte zum Teufel gehen! Aus den Augen, aus dem
Sinn. Dies stellte, falls überhaupt, nun auch keinen Verlust
mehr dar. Alles in allem, kann man diese schiefe Auslegung
der Dinge wohl als eine Art Nachgedanken bezeichnen, und
zwar aus der Sicht eines, in seiner eigenen Psyche Ertrinkenden.

Dermaßen desorientiert irrte ich noch eine Zeitlang umher,
immer auf der Suche nach einer leidlich passenden Stelle.

Ansonsten ist mir nur noch in guter Erinnerung, daß ich, wie von einem Magneten angezogen, nach links abirrte. Auf die schlechte, die ungute Seite, laut universal gültigen Symbolregeln. Aber, sollte schon die Richtung bedenklich stimmen, der Ort, auf den ich schließlich stieß, sollte es um so mehr. Er war - und dies drückt sich in meiner folgenden Beschreibung aus - die, getragen von hilfloser Unkenntnis gegenüber diesen Abläufen natürlich nur hanebüchenen Unsinn darstellt, so, wie eben diese Art von Plätzen auszusehen hat.

Von neuem: Der Ort war - ich versuche ein gewisses Ordnungssystem mit heranzuziehen - im Umkreis von einigen Metern nahezu kahl. Nur an den unterschiedlichsten Stellen wucherten, ohne jede erkennbare Regel, ein paar Grashalme von unnatürlicher Länge auf einer felsigen Plattform. Ob diese durch menschliche Anstrengung oder aus einer Laune der Natur heraus entstanden war, entzieht sich im Nachhinein meiner Kenntnis.

Der andere denkbare Fall: Vielleicht ist die Stelle auch nur so und nicht anders in mein Gedächtnis eingegraben worden, gewissermaßen als irritierende Dreingabe zu den übrigen Erlebnissen und existiert gar nicht. Ebenso, wie möglicherweise der gesamte Ort von anderer Beschaffenheit war. Aber, nun ohne Umschweife: Diese Merkwürdigkeiten stellten noch lange nicht die einzige Ungereimtheit dar. Rings um den felsigen Untergrund ragten einige schroffe, abweisende Steinblöcke wie die noch verbliebenen Stummel eines Riesengebisses aus dem Boden.

Ebenfalls ein Einfall der Natur?

Hier verbleibt mir nur ein Achselzucken und die lapidare Feststellung: Ich weiß es nicht!

Krame ich nun weiter in meinen Erinnerungen herum, es
bleibt mir schließlich keine Wahl, so bin ich mir sicher, daß
diese Stummel keine runden, von Wind und Wetter abge-
schliffenen Kanten und Ecken besaßen, - wie es sich für zur
Natur gehörige Dinge geziemt - , sondern scharf und eckig
waren.

Ungewöhnlich?

Die matte Wiederholung der eben bemühten Redewen-
dung, ich weiß es nicht, stellt sich wie von selber ein. Dazu
kamen noch ein paar Seltsamkeiten, die ebenfalls außerhalb meiner Darstellungsmuster lagen.

Insgesamt also eine eher beunruhigende Landschaft, oder
etwas abweichend formuliert, sie hätte wenigstens eine gewisse Besorgnis meinerseits hervorrufen sollen. Wie nun
leicht zu erraten ist, trat genau das Gegenteil ein. In war
von diesem Ort wie gebannt und trat deshalb ohne weiteres
Zögern näher. Nachdem ich einige Male um die auffallend
kahle Stelle herumgegangen war, wobei die erste Umkrei-
sung langsam, ohne eigenes willentliches Dazutun in eine
Spiralbewegung einmündete, kam ich infolge ihrer Endlich-
keit nach einer kleinen Weile notgedrungen zum Stehen,
und nahm daraufhin, ohne weitere krampfhafte Überlegungen anzustellen, wie es meiner Art entsprach, Platz.

Ohne nun sprachlich von dem anschaulichen Dunstkreis
der Märchenwelt partizipieren zu wollen, muß ich eingeste-
hen, daß alles irgendwie überirdisch, auf eine Weise seltsam verwunschen wirkte. Es war, überspitzt ausgedrückt,
wie der Eintritt in eine andere Welt.

Zunächst jedoch, ich bemühe mich, das Wesentliche darzustellen, geschah nichts Gravierendes. Ich saß einfach wie
gebannt da und betrachtete das langsame Verschwinden

der Sonne. Verblüffend dabei war, daß ich mich losgelöst vom Weltenstrom fühlte. Hatte mich gerade einige Minuten vorher eine existenzielle Langeweile noch wie eine überschwere Last schier zu Boden gedrückt, so war diese Bürde plötzlich einer unbestimmten Heiterkeit gewichen. Sonst, ich wiederhole mich, ereignete sich nicht viel. Nur eine zunehmende Unruhe hatte mich gepackt, die jedoch nichts mit mir gemein zu haben schien, sondern irgendwie von dem Ort herrührte. Und noch etwas war bemerkenswert, nämlich das Verfliegen der Zeit. Hatte ich mich vor kurzem noch anklagend über ihr viel zu langsames Verrinnen geäußert, so trat nun genau das Gegenteil ein. Sie eilte, um es einmal mit uralten Wortklamotten bildhaft auszudrücken, nahezu mit Siebenmeilenstiefeln davon. Schon war ein diffuses Licht hereingebrochen, die Sonne hatte bereits eine glutrote Farbe angenommen, und ich verschwendete immer noch keinen Gedanken an einen möglichen Aufbruch, den ich doch vorher so sehnlichst herbeigewünscht hatte. Irgendwann, irgendwie, würde ich schon ins Tal kommen. Nüchtern betrachtet: Eine Belanglosigkeit sondersgleichen!

Was kümmerte das mich?

Schließlich gab es wichtigere Dinge!

An dieser Stelle verbleibt mir nur noch die schmerzliche Einsicht, daß es diese nun wirklich gab. Denn mein Wille war nahezu gelähmt, nein, er war schon ganz ausgeschaltet. Ebenso taugten meine sämtlichen Sinne nichts mehr.

Vorab: Eine Frage der Beschreibung dieses diffusen Ereignisses muß noch geklärt werden, kann ich doch nicht umhin, eine gewisse Systematik des inneren Aufbaus dieses Teufelskonzerts zu erschließen. Warnen möchte ich jedoch vor zuviel Detailgenauigkeit. Nur eine annähernde Schilderung des Eigentlichen erscheint mit möglich. Zum Beispiel

der Zeitfaktor: Er nimmt eine übergeordnete Rolle ein und
steht völlig außerhalb meines Fassungsvermögens.

Dessen ungeachtet halte ich daran fest, daß selbst eine
nicht näher bestimmte Ordnung, sozusagen als rettender
Strohhalm, nicht von der Hand zu weisen ist, besonders um
ein hereinbrechendes Sinneschaos nicht völlig ausufern zu
lassen.

Genug der Präliminarien!

Beginnen möchte ich mit einem ersten, willkürlich gewähl-
ten Punkt, dem Farbenwirrwarr. Versichern kann ich allerdings, daß es ein fürchterlicher, ein schreckliches Anfang
war. Denn vor meinen Augen oder in meinem Gehirn - ich
bin leider nicht in der glücklichen Lage, hier eine Unter-
scheidung zu treffen - brach unvermittelt eine unbeschreib-
liche Farborgie los. Genauer: Es explodierten Kaskaden
von schmutzig rotbraunen Farbknäueln, die sich zu unbestimmten Formen - in Bewegung befindlichen Fahnen nicht
unähnlich - verdichteten, wieder zerrannen, sich zusam-
menzogen und erneut auseinanderstrebten, um dann ohne
jeden Übergang in kotiges Gelb überzuwechseln. Die Um-
risse jedoch änderten sich. Diesmal, ich hoffe meine Erinnerung täuscht mich nicht, gingen sie in runde Formen
über, fransten an den Rändern blitzschnell zu henkelartigen
Gebilden aus, spalteten sich ab und flogen daraufhin irgendwo in den Raum, wo sie sich entweder auflösten oder
zumindest aus meinen Gesichtskreis verschwanden. Damit
war das Farbenschauspiel aber noch lange nicht an ein Ende gelangt: denn schon war ein düster eingefärbtes Braun-
grün an die Stelle der bisherigen Erscheinungen getreten.
Wiederum waren es merkwürdige Farbzusammenballun-
gen, die sich wie die dünnen Wasserstrahlen eines nur
schlecht funktionierenden Springbrunnens in aperiodischen

Abständen nach allen Richtungen hin ergossen, an manchen Stellen wie von einer unerklärlichen Müdigkeit gepackt erschienen, wieder in sich zusammenfielen und dann ganz versiegten.

Daraufhin geschah einige Zeit, das Farbenschauspiel betreffend, nichts mehr, ich atmete erleichtert auf, machten mir doch die übrigen, noch zu beschreibenden sinnlichen Eindrücke schon genug zu schaffen, als wiederum, und zwar ungeheuer rasch, eine Art dunkelblauer, verschwommen wirkender Kelch erschien. Bevor er jedoch richtig in mein Bewußtsein einsickern konnte, ging er bereits langsam, nahezu unmerklich, in ein knospenähnliches Gebilde über, wuchs wie eine wundersame Blume stetig nach oben, flackerte und zitterte eine geraume Zeit, oder, um ein etwas gröberes Bild zu gebrauchen, schwankte unsanft hin und her, bis sich die an ein sakrales Gerät gemahnende Form auflöste und ein stumpfes, düsteres Grau erschien, das alles ausfüllte.

Ich betone: Grau!

Und nichts weiter!

Trat nun eine Art Sendepause ein?

Nein! Denn die bildhaften Eindrücke stellten schließlich inmitten der Vielfalt der laufenden Ereignisse - um es „zeitgemäß" zu formulieren - nur einen Gesichtspunkt dar, da ja sämtliche Sinneseinwirkungen gleichzeitig auftraten. Erstaunlich daran aber war - und darauf zielt diese meine Bemerkung ab - , daß die wirren Farborgien einige Momente früher als die übrigen Erscheinungen verschwanden. Warum dies so war und weshalb ich dies überhaupt erwähne, weiß ich leider nicht zu deuten. Wahrscheinlich zwingt mich nur meine fast als krankhaft zu bezeichnende Pedanterie dazu.

Aber nun zum Ton - oder nachlässiger ausgedrückt, den Tonmißklang - ; denn auch diesmal war natürlich keinerlei Harmonie, wie auch immer gelagert, auszumachen.

Ich habe bereits darauf hingewiesen, daß beim Betreten des Ortes irgendeine seltsame Veränderung eingetreten war. Mangels anderer Begriffsmöglichkeiten habe ich diese den Weltenstrom genannt. Nun, vielleicht war es auch ganz einfach auch nur das Aussetzen oder die Veränderung des Klangspektrums, das mich irritierte und bei mir diesen Eindruck hinterließ, der dieses Gefühl des anderen, des Seltsamen, verursachte.

Jedenfalls, und dies verdient Erwähnung, war die übrige Welt ausgespart, für mich als Individuum nicht mehr vorhanden, da die ortsspezifischen Hintergrundgeräusche, wie Vogelstimmen, Windesrauschen und - bodenständiger - die bekannten Kommunikationsgeräusche der Wiederkäuer, ihr sattsam vertrauter Dialog zwischen Magen und Maul, durchmischt mit Glockenbimmeln, urplötzlich ausgelöscht waren.

Ebenso fehlten andere Geräusche. Es gab nur noch meine „eigenen" Töne, besser Tongeräusche - sonst nichts.

So wechselten sich hohe und tiefe Töne ohne erkennbare Folge ab, wanderten - bildhaft gesprochen - nach oben, gingen in schrille Pfeiftöne über, verharrten einen Wimpernschlag lang in einer unbestimmten Höhe und waren flugs wieder im „Keller", um ein abgestandenes Bonmot zu benützen. War dies auch nicht sonderlich angenehm, so konnte ich es doch noch leidlich ertragen. Als weitaus schlimmer empfand ich - wohl, weil es außerhalb jeglicher menschlicher Akzeptanz liegt - das Auftreten von Tierstimmen. So lieferten sich Knurrgeräusche, die tief aus meiner Kehle zu kommen schienen, ein furchteinflößendes, haarsträubendes Duell mit klagenden Katzengeschrei. Zu allen Übel fehlten in dem tierischen Singsang auch seltsame Zischlaute nicht. Besonders merkwürdig daran war, daß sämtliche Geräusche - ohne die geringste Abweichung, was die Tonhöhe betrifft - sich manifestierten.

Nach ein paar Sekunden beruhigte sich das tierische Zwischenspiel etwas, das heißt, das Spektakel verlagerte sich in eine, wie ich es mangels geeigneter Ausdrücke bezeichnen möchte, mehr gegenständliche Richtung. Es waren nämlich Schleifgeräusche zu hören, ähnlich lärmerzeugenden schweren Gegenständen, die jemand mit großer Mühe über Holzbalken, Dielen oder dergleichen schiebt oder zieht. Doch hielt auch das Schleifen nicht lange an, sondern ging langsam in ein eher klatschendes Geräusch über.

Klarzustellen dabei ist, daß das Übrige, eben erwähnte Tongewirr ebenfalls noch vorhanden war, nur wurde es durch die neu hinzukommenden Geräusche mehr in den Hintergrund meiner Aufmerksamkeit gerückt. War nun schon das Klatschen etwas höchst Unerfreuliches: Die gurgelnden Töne, die es nach kurzer Zeit verdrängten, übertrafen es noch bei weitem, hörte sich doch das stöhnende, keuchende Geräusch mit erschreckender Deutlichkeit genau wie die letzten Atemzüge eines wirklich Ertrinkenden, eines sich in der allerhöchster Todesangst befindlichen Menschen an, was mir besonders naheging, da ich seit frühesten Kindestagen eine derart gelagerte Situation mit mir herumtrage.

Zum Glück wurde dem Gurgeln bald ein Ende gesetzt, und die Töne brachen - überraschenderweise - ganz ab. Es herrschte, nimmt man die Geräuschkulisse als Maßstab, geradezu Totenstille, was jedoch nicht bedeutete, daß mich die Geräusche so bald aus ihren Fängen gelassen hätten, denn sie kamen unverzüglich als Poltern, Quietschen und Rattern zurück. Einige der Töne - sie blieben mir besonders im Gedächtnis haften - wichen aber in erstaunlicher Weise von der nun schon halbwegs gewohnten Tonpalette ab, da sie aus hohen, posaunenähnlichen Fanarenstößen bestanden, die in klarer Reihenfolge auftraten und, dehnt man die Phantasie etwas, wie Engelschöre klangen. Ihr Einfluß war aber eher als gering einzuschätzen; denn sie kippten wieder rasch in ihr Gegenteil um, das heißt, ein seltsames dumpfes Schlagen und Rasseln trat an ihre Stelle. Damit schien aber der Höhepunkt der Geräuschkulisse überschritten zu sein. Auch das Rasseln schwächte sich ab und verschwand schließlich ganz. Hatten sich die Farberscheinungen noch äußerst rasch verflüchtigt - ich erinnere an das alles ausfüllende Grau -, so gaben die Töne nicht so schnell klein bei, was bedeutete, sie summten noch eine geraume Zeit wie in der Luft herumschwirrende Käfer nach.

Vollständig verschwanden sie allerdings erst nach Tagen, als ich mich bereits leidlich mit diesem gräßlichen Geräusch abgefunden hatte. Mußte ich doch dankbar sein, daß die übrigen Sinnesüberreizungen nicht ebenfalls nachwirkten.

Nun besitzt der Mensch bekanntlich, schulmeisterlich formuliert, neben den eben aufgezeigten Sinnen noch andere. Meist sind es fünf, bei den Anthroposophen sind es derer sogar zwölf. Es stehen also, übt man sich ein wenig in Basiswissen und hakt systematisch die Wichtigsten ab, noch einige aus.

Ohne Umschweife: Zum Geruchssinn!

Nach den übrigen Ausführungen zu schließen, ähnelten natürlich auch die Gerüche - ich gehe direkt an die Erlebniswurzeln zurück - eher den Ausdünstungen der Hölle, als den viel gepriesenen Wohlgerüchen des Paradieses. Tröstlich dabei: Somit fielen sie wenigstens nicht aus dem üblichen Rahmen des Negativen heraus. Es waren - ich beschränke ich mich auf ein paar Details, denn zu vage erscheint mir die Geruchsvielfalt im nachhinein - Tod und Verwesung beinhaltende Gerüche. Zu schaffen machte mir besonders eine urinhaltige Ausdünstung, die um mich herum wie eine Wolke schwebte, dabei einmal stärker, einmal schwächer auftrat und bei mir einen nicht enden wollenden Brechreiz auslöste.

Und noch etwas fiel mir auf: ein durchdringender Schweißgeruch, der direkt aus meinen Kopf zu kommen schien. (Einschub: Wäre die Sache nicht so ernst gewesen, so könnte ich mit nachsichtigem Spott darauf verweisen, daß es sich dabei wohl um eine langsam einsetzende Gehirnschrumpfung hätte handeln können. Wasser wird im erhöhten Maße freigesetzt, Zellen abgebaut usw.)
Einen schwefeligen Geruch, der nun vielleicht in das gewohnte Klischee passen würde, nahm ich jedoch nicht wahr. Zumindest habe ich daran keinerlei Erinnerung mehr. Nicht einmal Bruchstücke davon sind noch vorhanden. Das bißchen Gestank wird wohl noch zu ertragen gewesen sein! Schließlich ist daran noch niemand gestorben, werden hier bestimmt manche Spötter einwenden, und ich kann ihnen nur zustimmen. Denn bedeutend schlimmer gestaltete sich das Spiel mit dem nächsten Sinn, dem Tastsinn, der mich am nachhaltigsten beeinträchtigte, da er die gewohnte Unversehrtheit des Körpers bedenklich in Mitleidenschaft zog. So wurden meine Extremitäten, und zwar abwechselnd Hände und Füße, was meine Verwirrung noch steigerte, gefühllos. Auch die Flecken am Körper, die mich bereits beim Aufstieg stark in Verlegenheit gebracht hatten, kamen wieder zurück. Nur die damit verbundene Art des Schmerzes war eine andere. Diesmal war ein starker, stechender

Schmerz, der wie ein mit allen Körperteilen zugleich in Berührung kommendes Nadelkissen auf mich einwirkte. Auch ein paar Blasen, die gewöhnlichen Blasen ähnelten, und zwar von der Sorte, wie sie sich ein unbedarfter Wanderer leicht zuzieht, der sich mit nagelneuen Schuhen auf einen längeren Marsch macht, traten auf. (Sie waren als sprichwörtlicher Beweis noch tagelang sichtbar.)

Fürchterlicher jedoch darf mein psychisches Erschrecken gewertet werden, das einsetzte, als ich inmitten einer Bewegung meiner Hände - ich hatte wohl etwas in der Luft herumgefuchtelt - auf einen Widerstand stieß. Irgendetwas - was auch immer - mußte dort draußen im Raum sein, das zurückwich, sobald ich Druck darauf ausübte, jedoch unvermittelt wieder zurückkehrte, um mich erneut zu berühren. Und dieser Vorgang steigerte sich noch. Sobald ich versuchte, dieses „etwas" wegzustoßen, kam es zurück. Immer und immer wieder. Ich weiß nicht wie lange dieses, alle menschlichen Werte erschütternde Spiel andauerte, denn Zeit besaß, betrachtet man sie unter diesem Gesichtspunkt, keinerlei Bedeutung mehr für mich. Ebenso traf mich am Oberkörper ein nicht näher zu definierendes Gebilde, eine Art Lichtspeer. Dieser Speer schwebte erst einige Zeit wie unschlüssig vor meinen Beinen und stieß dann, beinahe wie von unsichtbarer Hand geführt, auf mich zu, um mich zu durchbohren, wobei jedoch keinerlei Schmerz zu verspüren war.

Soweit der Tastsinn!

Zu allem Überdruß hing auch noch meine Zunge vollkommen taub und pelzig, wie ein Stück Leder, im Mund - womit ich wieder am Anfang meiner Schilderung angelangt wäre, nur mit dem kleinen, in meinem Falle nicht unwichtigen Unterschied, daß ich nicht mehr derselbe war wie am Morgen. Dieser Tag hatte mich gründlich verändert.

Nachtrag: Wie ich wieder ins Tal kam, weiß ich nicht mehr.
Aus sich widersprechenden Schilderungen verschiedener
Leute entnahm ich, daß irgendeine Person - einmal war es
ein alter, einmal ein jüngerer Mann, einmal hatte er einen
Bart, einmal trug er einen Hut, sich als Pfadfinder betätigte
und mir den Weg zurück zeigte.

Flucht   (Rajasthan - Hanumantempel)

Einige hundert Kilometer südlich von Dehli rumpelte der
klapprige Omnibus an staubigen Dörfern entlang. Müde und
gleichgültig - ich war immer noch wie betäubt - schielte ich
durch die mit unzähligen Haarrissen übersäten, schmutzigen Scheiben und machte dabei den halbherzigen Versuch,
die vorüberfliegende Landschaft in mich aufzunehmen.

Dabei sah ich: eine Gruppe von Büffeln, die regungslos bis
zum Hals in einem dicht mit Algen überwachsenen Teich
standen und nur gelegentlich die Köpfe bewegten; ein kleines Mädchen, das sich mit einem störrischen Ochsen ab-
plagte, indem es an seinem Nasenstrick zog und zerrte; die

zerbröselnden Lehmmauern von Hütten, vor denen Fladen aus Kuhdung zum Trocknen lagen; Pfauenfamilien, die in dem frisch gepflügten Ackerfurchen auf der Suche nach Nahrung herumpickten und Scharen von Papageien, die sich mit seltsamen Flugbewegungen auf Telegraphenmasten niederließen.

Und ich sah: einen herumstreunenden Hund, dem ein großes Stück der Schädeldecke fehlte und dessen Gehirn offenlag.

Und ich bemerkte: auf einigen der Berge verfallene Festungen, die einst die Straßen beherrscht hatten, und ich nahm kilometerweites, unfruchtbares Land wahr, zerfurcht von ausgetrockneten Bachläufen, hie und da unterbrochen von grünlichem Gestrüpp.

Und dann, wie ein versteckter Gruß des Bösen, kündigte sich, obwohl noch weit, weit entfernt, die Wüste von Rajasthan an, in Gestalt von Gestein, Geröll, Sand - und wiederum Sand.

Sogar der Verkehr veränderte sich. Karren, gezogen von Kamelen, dürren und ausgezehrten Tieren, wurden häufiger.

Ein pfeifendes Quietschen, das von den vernachlässigten Bremsen des Busses stammte, schreckte mich auf. Kein Zweifel: Ich hatte einen weiteren Punkt meiner Reise erreicht. Endgültige Gewißheit gab mir ein Blick aus dem Fenster. Dicht neben einer windschiefen Säule, die mit einer unleserlichen Aufschrift versehen war, setzte der Fahrer gerade zu einem Halt an. Doch selbst einfache Dinge sind nicht immer so, wie man es von ihnen erwartet. Denn bevor es so weit war, rutschte das rostige Blechgefährt noch langsam, ruckweise, über den festgetretenen Lehmboden, hüllte im Umkreis von einigen Metern alles in Staub ein und kam dann mit einem kleinen Sprung, der den meisten Reisenden noch ein paar unfreiwillige, ins Groteske abgleitende Kopfbewegungen abverlangte, endgültig zum Stehen.

Angesichts dieses zeitweiligen Stillstandes der Abläufe drängt sich ohne weiteres folgende, vulgärphilosophische Frage in den Vordergrund: Ist nicht vieles, mit dem man im Laufe seines Lebens konfrontiert wird, banal?

Grob beantwortet, bietet sich darauf nur ein unbedingtes Ja an, was in meinem konkreten Fall bedeutete: aufstehen, gehen, Schritte nach links, Schritte nach rechts.

Dann: erneutes Sitzen!

Und: die nächste Etappe!

Ein Pferdefuhrwerk, gelenkt von einem mundfaulen Kutscher, beförderte mich zum Tempel. In Erfahrung brachte ich dabei nur soviel: Im Dunstkreis des Heiligen waren Motoren verpönt. Wohl zu Recht! Denn dadurch trat einer der seltenen Momente in diesem von pulsierenden Leben erfüllten Land ein: Zu hören war nämlich während der halbstündigen Fahrt nur das unregelmäßige Trommeln der Pferdehufe. Sonst nichts. Die Gegend schien - bedingt durch die glühende Sonne - wie gelähmt zu sein.

Anders verhielt es beim Tempel. Hier herrschte ohrenbetäubender Lärm.

Eine eher spaßhafte Vermutung lag nahe: Waren Götter und Menschen stillschweigend übereingekommen, das Getöse als Bestandteil des Sakralen zu betrachten? Oder anderes formuliert: Hatte der Mensch in seiner Hybris es erst gar nicht für nötig gefunden, eine diesbezügliche Erlaubnis nachzusuchen? Wie auch immer! Irgendwie mußten sie sich miteinander arrangiert haben, denn nichts deutete - aus der kleinen und fremden Sicht des Reisenden - daraufhin, das etwas nicht stimmte.

Das Bauwerk selbst stand, wie so oft, nicht im geringsten mit meiner Phantasie darüber im Einklang. Hatte mir vor meinem geistigen Auge ein hoch aufragendes, imposantes Gebäude vorgeschwebt, zwar ein wenig vergammelt - wie fast alles in Indien - , so erwartete mich ein völlig schmuckloser zweistöckiger Flachbau. Bemalt war er - bekleckert wäre allerdings der passendere Ausdruck dafür gewesen - mit grüner und rosa Farbe, die an vielen Stellen bereits wieder abblätterte. Zusätzlich hatten die nach möglicher Unsterblichkeit gierenden Künstler den trotzigen Versuch gestartet, nicht nur mit Farbe, sondern auch mit Größe und Glanz aufzuwarten und hatten aus diesem Impetus heraus Rundbogenfenster sowie einige unterdimensionalisierte Säulen angedeutet. Dem größten architektonischen Mißgriff bildeten jedoch drei oder vier halbfertige Steinbalkone, deren mit groben Rissen überzogene Mauern eine nicht zu überbietende Schäbigkeit widerspiegelten und die jede, wie auch immer gelagerte bauliche Absicht umgehend zunichte machten.

Zu bedenken jedoch bleibt - als dezenter Wink von „drüben" - , daß das Heranziehen irdischer Maßstäbe hier zu kurz greift, da die göttlichen Besitzer solcher Scheußlichkeiten für derlei Aufgeregtheiten sicherlich nicht mehr als ein müdes Lächeln übrig haben würden, gesetzt den Fall, irgendjemand wäre vermessen genug, in dieser Sache menschliche Kategorien anlegen zu wollen. Und - sollten die Götter sich kleinlich gebärden - , so verblieben immer noch die Pilger, um sich in Nachsicht zu üben, zieht man einmal ihre, zu beiden Seiten des Tempels angebrachten Unterkünfte in solche Überlegungen mit ein. Es handelte sich dabei um winzige, kahle, leidlich saubere Räume, ohne jegliche Zierat: von Menschen für Menschen errichtete Kaninchenställe!

Von der praktischen Seite her betrachtet - und mit einem gehörigen Schuß Ironie - , könnte nichtsdestoweniger eine möglicherweise daraus resultierende Klaustrophobie den Tempelgottheiten, genauer deren Stellvertretern, zu einem zusätzlichen, vielleicht nicht gerade unerwünschten Broterwerb verhelfen.

Fazit daraus: Eine dem Menschen nicht zugängliche Weitsicht hält eben für jede Situation die angemessene Lösung bereit.

Genug der Haarspaltereien!

Der Platz vor dem Tempel stellte ebenfalls nicht gerade eine Augenweide dar. Zertretene Blumen und Orangenschalen lagen herum. Sie bildeten gemeinsam mit anderen Unrat ein Muster, das sich in seltsamen, unregelmäßigen Streifen verlor. Vom Wind zusammengefügte, jedem Ordnungsinn widersprechende Formen. Dicht an den Wänden entlang drängten sich kleine Läden, in denen Obst und Süßigkeiten zum Verkauf angeboten wurden. Sie stellten den Sammelpunkt unzähliger Fliegen dar, die, weitgehend ungestört von den Händlern, in dichten Trauben ihrer unhygienischen Tätigkeit nachgingen. Daneben verlotterte Imbißstuben mit verdreckten Lehmöfen, todsichere Garanten lang andauernder Magenbeschwerden. In der Luft hing der durchdringende Geruch von gerösteten Zwiebeln und heißen Currygerichten......

Und so weiter.......

Fliegende Händler versuchten, allerlei Krimskram an den Mann zu bringen: kitschige Poster, bemalte, tönerne Darstellungen der Tempelgottheiten und andere Devotionalien.

Und so fort.......

Alles übertönten jedoch Sikhs mit schmutzigen Turbanen, die, hinter dem Steuer klappriger Lastwagen sitzend, weder den Fuß vom Gaspedal, noch die Hand von der Hupe nahmen. Sie befanden sich, dies mochte einen Teil ihrer Hektik erklären, stets in Konkurrenz zu zornig schimpfenden Fuhrleuten mit ausgemergelten Pferdchen, an denen nicht mehr zu leben schien, als ihre eitrigen Wunden, in denen es von Ungeziefer nur so wimmelte.

Und noch etwas bemerkte ich: ein Schild, das auf einen Arzt hinwies. Praktischerweise blieben jedoch den möglichen Patienten lange Wege erspart, denn der Doktor persönlich hockte gedankenverloren direkt unter der Hinweistafel. Es handelte sich dabei um einen fetten, ungepflegten Mann, dem die Speckfalten zwischen Hemd und Hose hervorquollen und der offenbar gerade eine große Anzahl Hilfesuchender, die sich ihm vertrauensvoll zuwandten, im Geist Revue passieren ließ. Auszuschließen war jedenfalls nicht, daß sich unter denjenigen, die sich die Mühe unterzogen, diesen Ort aufzusuchen, ja auch einige befanden, die mit der heilenden Kraft der Götter nicht zurechtkamen und sich deshalb bei ihm, der Stütze der modernen Medizin, Rat und Tat holten. Trotz seiner geballten körperlichen Präsenz konnte jedoch nichts darüber hinweg täuschen, daß sich der Zulauf in engen Grenzen hielt.

Das alles aber, die heruntergekommene Umgebung und das wenig eindrucksvolle Äußere des Tempels, verschwanden rasch in die dafür zuständige ästhetische Nische des Gehirns, als ich das Innere betrat. Denn unverzüglich wurden dort meine überreizten Sinne von fremdartig anmutenden Szenen und den damit verknüpften Gerüchen und Geräuschen überwältigt. Verstärkt wurde das Ganze noch durch den stetigen Wirbel von Pilgern, Patienten und deren Familien, die hier alle - wohl jeder auf seine Art - Hilfe von den Herren der Geisterwelt erwarteten. Eine Zeitlang ließ ich mich einfach in diesem Sammelsurium von Basar, Krankenhaus und Wohnstube treiben, gerade lange genug, bis die ersten verwirrenden Eindrücke sich etwas gelegt hatten, und machte mich dann mit brennender Neugierde daran, verschiedene Punkte des Geschehens näher in Augenschein zu nehmen. Einer davon hat sich mir besonders ins Gedächtnis eingegraben. Den Fokus bildete dabei ein junges, ziemlich attraktives Mädchen, das auf dem Rücken lag und heftig den Kopf hin und her schüttelte, wobei ihr langes Haar wie ein von einem starken Wind bewegter Vorhang ungestüm herumflatterte. Die normale Gesichtsfarbe war einer unnatürlichen Blässe gewichen und von sichtlich heftigen Schmerzen geplagt waren die Züge zu einer unmenschlichen Fratze verzerrt. Ihre Lippen bewegte sie in einem unhörbaren Flüstern, bis ein fürchterlicher, mit dunkler Stimme geführter Schrei aus ihrer Kehle brach, der in die gestammelten Worte überging: „Herr, Herr, ich will nicht weg! Ich will nicht weg!"

Urteilte man nach dem Klang ihrer Stimme, dann mußte es sich um einen männlichen Geist handeln, der sich weigerte, ihren Körper zu verlassen. Daraufhin herrschte Stille. Gespannt wartete ich. Sogar ihr Flüstern hatte sie nun eingestellt. Ein oder zwei Minuten geschah nichts. Dann brach wieder dieser markerschütternde Schrei aus ihr heraus: „Geh weg! Laß mich los! Geh weg!" Und wieder Stille, nur unterbrochen von tiefen Seufzern: „Oh, Herr! Oh, Herr!" Die Augen hatte sie fest geschlossen, wie um die Außenwelt von sich fernzuhalten. Ganz allein focht sie ihren einsamen Kampf mit dem Geist, der von ihr Besitz ergriffen hatte, aus.

Ich sah mich um, doch niemand außer mir schien von der ganzen Angelegenheit Notiz zu nehmen. So sehr ich mich auch bemühte: Ich konnte keine Spur von Neugier in den Gesichtern der übrigen Anwesenden erkennen. Jeder schien mir sich, und - etwas humorvoll und doppeldeutig betrachtet - mit seinem Geiste beschäftigt zu sein. Amen!

Das Amen sollte jedoch nicht bereits als krönender Abschluß meines Besuches gewertet werden, sondern als Zustimmung; denn ich fand langsam Geschmack an der Situation hier im Tempel. Ohne Zweifel: Ich war in beste Gesellschaft geraten - zieht man nur einmal meine eigene Vorvergangenheit etwas mit in Betracht. Und wie man es auch drehte und wendete: Fest stand, daß mein makabres Interesse an diesen faszinierenden Dingen, die sich hier vor meinen Augen manifestierten, beständig wuchs und ich deshalb beschloß, meinen Aufenthalt so lange wie möglich auszudehnen. An zusätzlichen Eindrücken - dessen war ich mir mehr als gewiß - würde es sicherlich nicht mangeln. Sogar Konkretes hatte sich bereits angekündigt. Denn bereits im Unterbewußtsein hatte ich ein unterdrücktes Stöhnen und Keuchen wahrgenommen, das ich jedoch nicht genau lokalisieren konnte, da meine Aufmerksamkeit durch das am Boden liegende Mädchen zu sehr in Anspruch genommen worden war, als daß ich die Quelle der Geräusche hätte ausmachen können. Jetzt aber, nach dem Abklingen der Intensität des eben Gesehenen, drehte ich den Kopf und erstarrte. Dicht neben mir, höchstens einen knappen Meter entfernt, versuchte gerade ein halbwüchsiges Mädchen - ich war wohl in die dafür zuständige Frauen-, besser Mädchenabteilung geraten - mit krampfhafter Mühe, einen Kopfstand zu machen. Nicht gerade professionell stützte sie sich dabei mit beiden Beinen an einer schmutzigen Wand ab. Trotz dieser soliden, materiellen Unterstützung gelang es ihr aber nur sehr unvollkommen, länger als ein paar Sekunden die notwendige Balance zu halten. Zu ihrer Ehrenrettung sei jedoch angemerkt, daß sie sich davon nicht sonderlich beeindrucken ließ und ihre mehr oder weniger mißglückten Turnversuche - denn so und nicht anders mochten ihre körperlichen Verrenkungen auf einen mit der Materie nicht vertrauten Außenstehenden wirken - wieder und wieder startete.

Noch etwas anderes stellte sich jedoch auf bereits auf den ersten Blick heraus. Alle diese Menschen widersetzten sich einem, nein besser, kämpften gegen einen starken, ernst zunehmenden Gegner, und zwar - ich formuliere es literarisch angehaucht - mit verbissener Wut und angestrengtem Zorn, und dabei kam ihnen, verständlicherweise, jede mögliche und unmögliche Art und Weise gerade recht.

So wohl auch einem anderen Mädchen, auf das ich durch einen starken Windhauch aufmerksam wurde. Es wischte gerade knapp an mir vorbei, federnde Purzelbäume schlagend, den Gang hinunter. Ob sie mich überhaupt wahrnahm, wage ich zu bezweifeln, da sie ihre Augen in blicklose Weiten gerichtet hatte. Ich für meinen Teil war mir jedenfalls sicher, denn der plötzliche Luftzug lief wie ein Prikkeln, das von einem elektrischen Schlag herrührte, über meine gesamte Hautoberfläche und hinterließ ein minutenlanges Schaudern. Ich wußte es: Der Ort, seine Intensität, waren dafür der Auslöser und hielten mich doch andererseits fest. Eine nicht zu geringe Rolle dürfte natürlich dabei auch mein eigener Zustand gespielt haben.

Diese eben angedeuteten Gründe waren es auch, die mich dazu anspornten, unverzüglich den übrigen Tempelbereich in Augenschein zu nehmen. Gesehen hatte ich ja bisher nur einen kleinen Teil vom großen Ganzen, das jedoch, betrachtet man es spitzfindig, auch nicht sehr groß war.

(Anmerkung: Meine bereits des öfteren beklagte Ab-
schweifungswut, untrügliches Kennzeichen vieler Menschen, die mit unliebsamen Dingen der Psyche Bekannt-
schaft gemacht haben, läßt mich auch heute noch nicht
los).

Nun weiter: Mein nächster Besuch galt der Haupthalle. Sie
war - etwas tölpelhaft umschrieben - der größte Raum der
gesamten Anlage. Außerdem war sie quadratisch gestaltet,
und ließ viel Licht hereinfallen. Weitere, erwähnenswerte
Details sind mir nicht in Erinnerung geblieben. Dafür etwas
anderes, nämlich ein düsterer Gang, der mir auffiel bevor
ich in den eigentlichen Bereich der Halle eintreten wollte.
Er schien in mehreren, seltsamen Windungen wieder vom
Hauptbereich wegzuführen.

Außer Frage stand, daß ich, wenn schon nicht alles, dann
doch vieles vom Tempel sehen wollte, und so lenkte ich,
völlig unter diesem selbst auferlegten Zwang stehend und
ohne noch einen Gedanken zu verschwenden, unverzüglich
meine Schritte in den Gang hinein. Es dauerte einige Sekunden, bis sich meine Augen an das diffuse Licht gewöhnt
hatten. Dann fiel mein Blick - noch unter heftigen Blinzeln -
auf eine uralte Frau, die am Boden hockte und etwas Un-
verständliches vor sich hinbrummelte. Umgeben war sie
von allerlei Gerätschaften, die ihr offensichtlich bei ihren
Andachten als rituelles Zubehör dienen sollten. Ich strengte
meine Augen an und erkannte als erstes zwei kupferne
Töpfe, beide halbvoll mit abgestandenem Wasser gefüllt
und daneben der halb zerbrochene Teil eines Eßinstru-
ments. Ich entschied mich nach einigem Zögern für einen
Löffel, da dessen Funktion am ehesten keine Zweifel auf-
kommen ließ. Und noch ein wichtiges Utensil war vorhanden. Es lag im Schoß der Frau: ein Rosenkranz mit tiefer
Einkerbung. Diesmal stand der Sinn außer Frage, da er
vom eifrigen Gebrauch, wie eine Speckschwarte glänzte.

Wie sich doch die menschlichen Versuche, den Geist zu besänftigen und zu überlisten, auf der ganzen Welt gleichen, dachte ich erschöpft und beobachtete nichtsdestoweniger fasziniert ihr weiteres Vorgehen. Denn daran bestand kein Zweifel: Hier wurde die asiatische Version eines uralten Wiederholungsspielchen abgespult, und zwar: Ein Handgriff, noch ein Handgriff und ein abschließender Handgriff.

Oder anschaulicher: Mit zittrigen Fingern tauchte sie zuerst den Löffel in den linken Topf und versuchte daraufhin, den Inhalt des meist nur noch halbvollen Eßgeräts in den rechten Topf zu gießen, was ihr im Prinzip, jedoch mit Abstrichen, auch gelang. Mit dem überwiegenden Teil der unansehnlichen Flüssigkeit hatte sie nämlich bereits eine beträchtliche Lache um sich erzeugt, was jedoch ihren stetigen Eifer nicht im geringsten bremsen konnte.

Blieb nach dem manuellen Ablauf noch ein weiteres, wichtiges Utensil: der Rosenkranz, für den spirituellen Ablauf. Nicht, daß sie ihn etwa vergessen hätte. Nein, im Gegenteil. Auch hier ließ ihre Emsigkeit kaum nach. So folgte sie, bei seinem Gebrauch einem strengen, allerdings recht uneinsichtigen Takt. Was mir als erstes ins Auge sprang, war, daß sie es mit dem Zählen der einzelnen Abschnitte nicht so genau nahm. Manchmal vergaß sie eine Perle ganz; ein anderes Mal zählte sie zwei oder drei Perlen auf einmal, und ein weiteres Mal hob sie das sakrale Zählinstrument nur auf, wog es sinnend in der welken Hand und warf es dann, fast spielerisch, in die Luft und fing es gekonnt wieder auf, ohne jedoch einen wie auch immer gearteten Rechenvorgang eingeleitet zu haben.

Nun, war sie deshalb zu tadeln?

Ich glaube nicht, ist doch allein die Absicht schon lobens-
wert und nicht so sehr die Ausführung. Zudem könnten ja
auch noch andere Dinge mit im Spiel sein. Läßt man einmal
körperliche Unzulänglichkeiten - Stichwort: Altersgebrechen
- , die schlicht und einfach unübersehbar waren, aus dem
Spiel, so wäre schließlich noch religiöser Übereifer oder ein
mir unverständlicher Sozialablauf möglich. Weiteres Unge-
reimtes kam noch mit hinzu. So verwunderte es mich - der
westlichen Ratio ist selbst an solchen Orten nicht beizu-
kommen - , daß das Wasser in den Töpfen noch nicht
gänzlich verschüttet war, faßte doch, meiner Schätzung
nach, die Wasserlache, die sich um die Greisin ausbreitete,
bedeutend mehr Wasser, als in den beiden Behältern vorhanden sein konnte.

Wunder über Wunder!

Oder war mein westlich geschulter Verstand ganz einfach
nicht in der Lage, die Dinge zu begreifen? Trotzdem, oder
gerade deswegen, hielt er für mich unverzüglich zwei Lö-
sungen parat.

Erstens, die einfache, irdische. Sie bedeutete: Ein gerade
abwesender Helfer ist dazu abgestellt, immer wieder neues
Wasser nachzugießen.

Zweitens, die mögliche, numinose. Sie bedeutete: Mächte,
größer als sie mein irdischer Verstand begreifen konnte, re-
gelten diese kleinen Dinge. Schließlich befand ich mich auf
geweihtem Boden.

Sollten da Wunder nicht alltäglich sein?

Zusätzlich spuckte mein Verstand noch eine weitere Möglichkeit aus: die direkte Befragung der alten Frau. Dies hielt
ich jedoch für die denkbar ungeeignetste Lösung. Schließ-

lich durfte ich als gerade noch geduldeter Gast nicht unhöflich sein, und darüber hinaus lagen diese Überlegungen
auch, realistisch betrachtet, außerhalb des Machbaren.
Verhielt sich doch der Mittelpunkt dieser Gedanken, die
Greisin, sichtlich unbeeindruckt davon, deutlicher, sie hatte
mich bisher keines Blickes gewürdigt, ja, sie hatte noch
nicht einmal den Kopf gehoben, sondern, versunken in ihr
Geschäft, weiter geschöpft, fast so, als ob sich der gesamte
Ozean in ihren Töpfen befunden hätte.

Was war also zu tun?

Nichts einfacher als das! Ich verhielt mich dem Verhalten
der Frau entgegengesetzt, eine immer wieder angewandte
Regel, die in Momenten von Unentschlossenheit wahre
Wunder wirkt, was hier, in diesem, meinen Fall bedeutete:
Ich hob den Kopf und erstarrte. Denn dicht hinter der Greisin hockte eine weitere Frau, ebenfalls uralt, mit noch
dunklerem Teint. Ich mußte sie bisher einfach übersehen
haben. Das Merkwürdige an dieser Hochbetagten war, daß
neben ihren Augen, die so intensiv wie zwei glühende
Stückchen Kohlen leuchteten, noch ein riesengroßes, rötliches Etwas aus ihrem Gesicht hing. Überrascht schreckte
ich zurück. Kurz entschlossen riskierte ich einen zweiten
forschenden Blick und räumte damit den letzten Rest von
Zweifel aus. Das Ergebnis: Es handelte sich um die Zunge
der Frau, was wiederum nur bedeuten konnte, daß sie die
Göttin Kali, die Furchtbare, nachahmte.

Für sensible Gemüter waren nun beide Dinge nichts, was
sie zu einem Jubelschrei veranlaßt hätte; weder die maskenhaften, starren Glutaugen, die eher zu einem Höllenhund gepaßt hätten, als zu einem menschlichen Wesen,
noch die überdimensionale, ungesund wirkende Zunge. Gerade sie machte den Anblick zu einer eher schweißtreibenden Angelegenheit. In Momentaufnahme bedeutete dies:

Die Frau ließ sie, ohne im geringsten das Gesicht zu verziehen, aus dem Mund hängen wie ein Stück Leder........

Siedend heiß schoß mir das Blut in den Kopf, als erneut diese vertrackte Assoziation in mein Gehirn einträpfelte. Unbewußt neigte ich daher den Kopf nach vorne. Meine intuitive Bewegung mußte von meinem unheimlichen Gegenüber wohl anders gedeutet worden sein, denn die Greisin hob, huldvoll winkend wie eine Königin - vielleicht war sie es ja auch in ihrem düsteren Reich - ihren, von unzähligen Altersflecken überzogenen, verschrumpelten rechten Arm und deutete mir mit einer einladenden Geste an, näherzutreten. All dies geschah ohne jede sprachliche Äußerung ihrerseits, was natürlich angesichts ihrer Zunge, die sie ja religiösen Zwängen unterordnet hatte, sowieso nicht möglich war.

Ich konnte mich jedoch nicht entschließen, meinen Standort aufzugeben. Schließlich waren die Räumlichkeiten bereits beengt, was bedeutete, ich stand nach meinem Empfinden nahe genug. Zudem schwappten in der brütenden Hitze bei einem gelegentlichen Windhauch intensive menschliche Ausdünstungen zu mir herüber: eine Mixtur aus Verwesung, Verfall und körperlichen Absonderungen. Ich trat deshalb unbehaglich von einem Fuß auf den anderen; einerseits schien die Stelle glühend heiß zu werden, andererseits war ich unfähig, dieses düstere Schauspiel umgehend zu beenden.

Nachdem sie begriffen hatte, daß ihr mit ihren spröden Winkversuchen kein unmittelbarer Erfolg beschieden war - während die lederähnliche Zunge hing und hing, und noch an Größe zuzunehmen schien, je länger ich darauf starrte -, wandelte sie ihr Handbewegung elegant wie eine professionelle Würdenträgerin in eine andere um, die ohne weiteres -

vorausgesetzt man bemühte eine kleine Portion Phantasie dazu - als Segensgeste gedeutet werden konnte.

Diesmal jedoch überwog mein Mißbehagen noch meine Unentschlossenheit, ich hob rasch eine Hand vor die Augen, um so den Anblick der beiden Frauen - die in sich gekehrte Dienerin des Wassers, als auch die Kali-Frau, wie ich sie insgeheim getauft hatte - wenigstens für ein paar Momente aus dem Sinn zu verbannen, während ich mich jäh umdrehte und mit unsicheren Schritten schnell den Gang zurück trippelte, um auf diese Weise der morbiden Faszination der Greisinnen zu entkommen.
Leider kam ich nicht weit, da mich schon nach ein paar Metern ein durchdringendes Geheul aus meiner Benommenheit aufschreckte und mich zu einem jähen Sprung zur Seite zwang.

Der Grund?

Ein riesengroßer, struppiger Hund! Er hatte wohl hinter mir gekauert und war durch mein überhastetes Wegeilen aufgescheucht worden. Allerdings - dies stellte ich auf den ersten Blick fest - hatte er nichts mit den übrigen, räudigen Straßenkötern gemein, die in Indien zuhauf die Straßen und Plätze bevölkern. Offensichtlich handelte sich um einen der zum Tempel gehörigen Hunde, da er weder knurrte, noch sich anderweitig aggressiv verhielt. Der Umgang mit Menschen schien für ihn alltäglich zu sein. So verhielt er sich mir gegenüber nur abwartend, was bedeutete, er stand einfach da und lauerte auf eine Reaktion meinerseits. Der weitere Ablauf gestaltete sich nun so, daß wir - das Tier und ich - einige lange, unentschlossene Momente bewegungslos verblieben, während ich krampfhaft überlegte, in welche Richtung ich mein Verhalten lenken sollte. Schließlich war ja auch die nicht von der Hand zu weisende Möglichkeit gegeben, daß mich ein inkarnierter Gott anstarrte. Bald jedoch verlor der Vierbeiner oder Gott auf ganz weltliche Art die Geduld und trollte sich davon. Der andere denkbare Fall: Er wechselte, je nach Sicht der Dinge, in einen anderen karmischen Bereich über. Zuvor aber, sei es aus einem einfachen tierischen Verhalten heraus, sei es getragen von göttlicher Einsicht, sperrte die für mich allein sichtbare Form eines Hundes sein Maul zu einem langandauernden Gähnen auf, wobei er zwei Reihen riesengroßer, untadeliger Zähne zur Schau stellte.

Tierisch oder göttlich?

Nun ich glaube, vorsichtig ausgedrückt, daß sein Verhalten dem Tierischen zumindest doch sehr nahe kam. Bei weitem artgerechter verhielt er sich allerdings, nachdem er seinen ausgiebigen Gähnvorgang schließlich beendet hatte, indem er - völlig unpassend für diesen heiligen Ort - noch seinen übelriechenden Harn in einer mittelgroßen Lache zurückließ.

Was mich betraf, so verzichtete ich für diesmal auf eine sorgfältige gedankliche Durchdringung dieser Vorgänge, sondern verließ, und zwar so schnell wie möglich, den düsteren Gang und schlenderte nun endgültig zum Halleneingang hinüber. Die im Gang verbliebenen, nachdenklich stimmenden Exemplare der Gattung Mensch waren doch keine leichte Kost für mich gewesen.

Direkt am Eingang wurde ich von einer größeren Menge eingekeilt, die sich gegen ein eisernes Gitter drängte. Dahinter waren, wirr durcheinander geworfen, Lebensmittel undefinierbarer Art aufgetürmt. Für welchen Zweck sie dort lagerten, war nicht schwer zu erraten. Zudem räumte ein eben anwesender Priester, der das betreffende Ritual durchführte, noch letzte Zweifel aus. Führte er doch gerade eine Transformation der Materie durch, die wohl unzählige

Male vor ihm bereits von unzähligen Menschen, Beauftragten oder Selbsternannten, durchgespielt worden war: Nahrungsmittel zu Asche, heilige Asche für unheilige Pilger. Das Rezept dafür: anwendbar in allen Fällen, Lagen und Situationen.

Der Priester nun, ein asketischer Mann mittleren Alters, bei dem man ohne große Mühe die einzelnen Rippen zu zählen vermochte, und zwar an den Stellen, die sein safranfarbener Umhang freigab, war damit beschäftigt, die Gaben in einem alten, zerbeulten, über und über mit Ruß verschmierten Messingbehälter zu verbrennen.

Seine besonderen Merkmale?

In seinen lustlosen Gesicht regte sich keine Miene. Links neben seinem Kopf, durch den in unregelmäßigen Wolken aufsteigenden Rauch hindurch, nahm ich das Abbild Hanumans wahr. Es war ein fast unkenntliches, aus einem groben Stück Stein gemeißeltes Gebilde, das, deutete man die verschwommenen Formen als Glaubensmaßstab, nur schwerlich als einer der wichtigsten Götter zu erkennen war. Zusätzlich, offenbar um das Verwirrspiel komplett zu machen, war der sakrale Stein mit einer dicken Schicht Okker- und Silberfarben unregelmäßig bemalt, kindlichen Anstreichversuchen mit Farben nicht unähnlich. Ernsthafte Verschönerungen stellten diese Kleckse jedenfalls nicht......

Verärgert schüttelte ich den Kopf. Mein Gehirn hatte wieder einmal den falschen Auslöser erwischt. Wiederholungen! Wiederholungen! Alles drehte sich im Kreis, oder exakter ausgedrückt, mein übersteigerter Skeptizismus setzte erneut unerwünschte Prioritäten.

Doch eine unmittelbare Lösung war nicht in Sicht, und so stapfte ich stur, die zwanghaften Gedanken zurückdrängend, zur anderen Halle hinüber, wo ebenfalls, durch ein Gitter abgegrenzt, eine Tempelgottheit aufgestellt war. Auch sie war dick - ich erspare mir einen neuen Seitenhieb - mit grellen Farben bis zur Unkenntlichkeit bemalt. Nur eine kleine Veränderung entdeckte ich, setzt man die andere, bereits besuchte Stelle dieser als Maßstab gegenüber, in dem ansonsten vollkommen gleichen Baustil. Es war dies eine kreisförmige Ausbuchtung, kaum zwanzig oder dreißig Zentimeter tief und im Umfang nicht viel größer als ein menschlicher Durchschnittskopf.

Anders betrachtet, von der Erkenntnisseite her, war diese Ausbuchtung geradezu ein Geschenk des Himmels für meine rastlosen Gedanken, die sich auch prompt beschleunigten - metaphorisch gesprochen - um über eine mögliche Verwendung Vermutung über Vermutung anzustellen. Weit waren sie allerdings noch nicht gediehen: nur die erste vorwissenschaftliche Hürde war bereits bewältigt und rasch als unbrauchbar abgehakt, was bedeutete: ritueller Verwendungszweck, plus sakrale Bedeutung, plus allgemeine Zielsetzung, hatten sich als nicht relevant erwiesen.

Soweit der Stand der Überlegungen. Ein drohender Leerlauf meines Gehirns schien also unausweichlich zu sein, als ich hinter mir ein Schlurfen wahrnahm und zu meiner nicht geringen Überraschung die uralte Frau mit der heraushängenden Zunge entdeckte. Wie erinnerlich, hatte ich sie als Kali-Frau in meinem Gedächtnis untergebracht. Und noch etwas: Sie steuerte direkt auf mich zu. Mit beiden Händen hatte sie sich dabei an eine jüngere Frau geklammert, vermutlich ihre Tochter, die allerdings ihr Alter ebenfalls nicht mehr verleugnen konnte. Ihre Zunge aber, die mich so fasziniert hatte, war wieder in den angestammten Bereich zurückgekehrt, ein Stück Normalität also, in dem ansonsten vorherrschenden Chaos. Diese Tatsache war es wohl auch, daß ich sie nicht sofort wiedererkannt hatte.

Anders bei ihr: In ihrem ausdruckslosen Gesicht leuchtete nicht die Spur einer Erinnerung auf. Vielleicht war dies aber auch bedingt durch ihre Haltung und ihr körperliches Befinden. Hatte sie doch den Blick starr auf den Boden gerichtet. Und nicht zu übersehen war: Von Zeit zu Zeit erfaßte sie ein seltsames Zucken, so daß sie beinahe vom Boden abhob und ihre ohnehin schon sichtbare Zerbrechlichkeit noch mehr verdeutlichte.

Außerdem - dies wurde mir schnell klar - war nicht ich ihr angestrebtes Ziel - ich hatte mich wieder einmal für zu wichtig genommen - , sondern die eben beschriebene Mulde im Steinboden. Dafür war jetzt etwas sichtbar, nämlich daß die Greisin, je näher sie der Vertiefung kam, ein immer deutlicher werdendes Unbehagen ergriff. Ihr magerer Körper schrumpfte wie ein ständig an Luft verlierender Ballon mehr und mehr in sich zusammen. Zudem verstärkte sich das bereits erwähnte Zucken noch. Es durchlief sie nun wie eine periodisch wiederkehrende Welle und war so stark, daß es sogar von ihren Armen auf ihre Begleiterin übersprang, die sich jedoch standhaft bemühte, wenigstens einen Teil davon wieder aufzufangen. Auch beruhigendes Zureden zeigte keine Wirkung. Im Gegenteil: Es rief eine noch größere Unruhe bei ihr hervor, was bedeutete, daß das Schütteln und Zucken an Heftigkeit noch zunahm. Irgendwie schien ihre Ängstlichkeit, ihre krankhafte Nervosität, mit der Ausbuchtung in bezug zu stehen. Die offensichtliche Furcht sprang aber, als sie dicht davorstand, in eine andere Richtung um. Nun seufzte sie erleichtert tief auf, und ein rasselnder Atem setzte ein. Das Zittern aber schwächte sich auf unerklärliche Weise ab.

Noch etwas war mir aufgefallen. Ihre Zunge - sozusagen ihr Markenzeichen - hatte sie noch kein einziges Mal gezeigt. Eine mögliche Antwort darauf war: Vielleicht stellte eine

derartige Reaktion an einem solchen Ort eine Blasphemie
dar.

Mittlerweile war ich unbewußt etwas zurückgetreten und
beobachtete verblüfft, wie die gekrümmte Gestalt der alten
Frau sich plötzlich straffte, kerzengerade dastand, um dann,
mit Unterstützung der Jüngeren, ihren Kopf in die Mulde zu
legen. Die körperliche Einbindung in die Materie war damit
aber nicht beendet, stand doch noch der schwierigste Teil
aus, der Übergang in den Kopfstand. Zu meinen Erstaunen
gelang ihr dies nahezu problemlos, allerdings wiederum mit
leichter Unterstützung ihrer mutmaßlichen Tochter, die sie
auch - dies sei vorweggenommen - während des gesamten,
nicht zu knappen Zeitraums, in der sie in dieser unnatürlichen Haltung auszuharren hatte, fest an den Beinen hielt.

Die Zwischenbilanz des bisher Geschehenen: Die erste
schwierige Etappe war gemeistert. Nun konnte das Eigentliche, das Numinose in Erscheinung treten.

Zunächst jedoch geschah ein paar endlos erscheinende
Minuten nichts. Die Greisin gab keinen Ton von sich. Dann
aber brach ein unterdrücktes Murmeln aus ihren zahnlosen
Mund hervor und ging in ein erregtes, unartikuliertes
Schreien über. Die Ursache dieser verbalen Eruption war
klar: Es konnte sich dabei nur um den erwarteten Widersacher handeln, obwohl nicht von der Hand zu weisen war,
daß ihr die unbequeme Körperhaltung beträchtliche
Schmerzen bereiten mußte. Alles zusammengenommen
ergab sich folgende Konstellation: Die alte Frau schrie, die
Jüngere schrie nun ebenfalls, sei es aus dem simplen
Grund einer Unterstützung heraus, sei es, um ihre eigene
Not loszuwerden. Aber beide übertönte ohne große Mühe
der „böse" Geist, der jedoch nicht einfach nur schrie, sondern in den höchsten Tönen grunzte und jaulte.

Und trotzdem herrschte bei dieser mehr unkonventionellen Therapie eine gewisse Ordnung vor. Gab nämlich der Widersacher nur eine Art unreflektiertes Knurren und Grollen von sich, so waren die beiden Frauen durchaus imstande, vollständige, wenn auch nicht sehr anspruchsvolle Sätze zu bilden. So formte die Greisin den Satz: „Halt, es ist genug, Herr!" Und weiter: „Halt, es ist genug.......! Halt, es ist......! Halt, es....! Halt!" Wieder und wieder.

Die Jüngere dagegen bevorzugte wechselweise einen anderen Satz: „Laß ihn erst heraus, wenn du ihn erstickt hast, Herr!" Und in höherer Tonlage: „Hörst du, Herr! Hörst du.....! Hörst...!" Und dazwischen echotete das bereits geschilderte tierische Gebrüll. Der sprichwörtliche „Vorhof der Hölle" schien perfekt zu sein.

Ich weiß nicht mehr, wieviel Zeit bereits vergangen sein mochte. Der ungleiche Kampf der zwei, oder besser drei, war noch nicht an ein Ende gekommen, als mich das leise Knurren eines Hundes aufschreckte. Das Tier, eine kleine Promenadenmischung, hatte sich bis auf wenige Zentimeter an das Gesicht der Greisin herangeschlichen und stand nun mit gesträubten Nackenhaaren einfach da und wartete. Die jüngere Frau hatte offensichtlich seine Anwesenheit ebenfalls bemerkt, da sie unverzüglich losschrie: „Schickst du den, Herr? Ist dies der Komplize, Herr, den du schickst, um das Böse wegzunehmen? Willst du ihn nicht ersticken, Herr? Herr? Herr? Hörst, du mich?"

Und noch lauter: „Willst du ihn wegnehmen, Herr? Herr?"

Aber auch die Alte hatte plötzlich ihr Repertoire erweitert. Sie brüllte: „Nein, Herr! Nein, Herr! Schick ihn weg, Herr! Schick ihn weg!"

In diesem Tonfall ging es etwa zehn Minuten hin und her, nur der Hund schüttelte sich unvermittelt ein wenig, seine Nackenhaare legten sich wieder und er lief, geschickt mehrere Haken schlagend, um anderen Anwesenden auszuweichen, einfach davon.

Die Jüngere mußte die Bedeutung dieses Vorganges sofort erkannt haben, denn sie heulte los: „Herr, Herr, du weigerst dich? Herr, was haben wir dir getan? Herr! Herr!"

Und auch die Greisin gab jetzt keinen Laut mehr von sich, sondern zappelte nur noch erschöpft mit den Beinen, wohl als Zeichen dafür gedacht, in eine normale Körperposition zurückkehren zu dürfen. Daß dies ohne weitere Absprache auch verstanden wurde, zeigte die unmißverständliche Reaktion der Jüngern, die sie ohne Umschweife mit einem einzigen Schwung wieder auf die Beine stellte.

Um die etwas festgefahrene Situation aufzulockern, scheint mir an dieser Stelle eine selbstformulierte philosophische Platitüde angebracht: „Im Leben gibt es immer ein Auf und Ab - oder so ähnlich...." Vor allem das „Ab" schien in diesem Falle zuzutreffen, denn die beiden Frauen standen einige Zeit wie erstarrt nebeneinander und hingen ihren Gedanken nach. Die Alte hatte sich mit beiden Händen an den Kopf gefaßt. Zweifellos bereitete er ihr große Schmerzen. Dann schlurften sie, wie nach einer geheimen Verabredung, wortlos in den dunklen Gang zurück.

Und ich?

Ich tat ähnliches. Nur schlurfte ich nicht, sondern trieb mich zur Eile an. Ausgelöst wurde meine Hast durch die banale Einsicht, daß an jeden Tag dem Menschen nur eine begrenzte Anzahl von Stunden zur Verfügung stehen.

Und mein Ziel?

Dorthin zu gelangen, wo der „König der Geister" Hof hielt. Dies stellte sich, zum Glück, als recht einfach heraus. Um zu seinen wirklichen Wohnsitz zu gelangen, dürfte wohl mit größeren Schwierigkeiten verbunden sein. Hier auf Erden nahm er ganz profan mit dem zweiten Stock der Tempelanlage vorlieb. Seine irdische Residenz dort war ein mit Menschen überfüllter kleiner Saal, der vor verhaltener Spannung förmlich vibrierte. Alle, bis auf die Patienten, saßen fein säuberlich aufgereiht wie die Perlen einer Gebetsschnur nebeneinander und sangen lauthals. In den Händen hielten die meisten von ihnen kleine Zettel, auf die sie hin und wieder einen raschen Blick warfen. Gedächtnisstütze und Singhilfe zugleich. Der Inhalt des Vorgetragenen war selbst für einen Außenstehenden nicht schwer zu erraten: die Verherrlichung des Königs der Geister und seiner Wunder. Vergangenes und Zukünftiges wurde beschwört, gerühmt und gepriesen.

Vorne stand, etwas erhöht, ein schläfrig wirkender Priester und sah mit wohlwollenden Blick über die Gläubigen hinweg. Neben ihm hatte sich ein quicklebendiger, halbwüchsiger Bursche aufgepflanzt, der als Vorsänger eingeteilt war und dessen gespreiztes Gehabe mir sofort ins Auge stach. Trotz der grundlegend verschiedenen Charaktere genossen sie, wohl jeder auf seine Art, das Schauspiel. Konnte doch so, mit Hilfe dieser geschickten Ämterteilung, der erstere einfach in seiner Lethargie verharren, ohne Sorge tragen zu müssen, daß ihm der Ablauf des Geschehens aus der Hand glitt, so konnte der zweitere seine ersten, wichtigtuerischen Gehversuche vor einem größeren Publikum absolvieren. Zu seinem großen Kummer, dies war deutlich an seinem gequälten Mienenspiel abzulesen, wurde er von den Anwesenden nur ganz am Rande beachtet. Zu sehr war jeder mit sich und seinen Sorgen beschäftigt. Weitaus makabrer wirkte jedoch auf mich das Verhalten der Patienten. Sie lehnten teilnahmslos an den Wänden und schlugen ohne Unterlaß mit den Rücken rhythmisch gegen die Mauern, was ein unwirkliches, Beklemmung auslösendes Dröhnen erzeugte. Lebende Leichname hätten keinen anderen Eindruck hervorgerufen können. Ihre Gesichter waren vollkommen ausdruckslos, zu unnatürlichen Masken erstarrt. Dennoch wirkten ihre Mienen fast friedvoll und ausgeglichen. Ja, ich glaubte sogar, auf einigen von diesen Gesichtern völlige tranceähnliche Entrückung und Abwesenheit erkennen zu können.

„Ketzerisch" gesprochen: Vielleicht hielten gerade sie die Schlüssel zum Glück in den Händen, die wir, die „Anderen", die „Normalen", trotz langwieriger Suche, nicht finden können.

Ungeachtet aller Grübeleien stand eines fest: Die „Anderen" waren immer wieder andere, was die Zusammensetzung der Menschenmenge hier im Raum betraf, folgte sie doch einer mir unbekannten Gesetzmäßigkeit, was bedeutete, sie zirkulierte - wie aus verborgenen Quellen - , gespeist von einem Raum zu einem anderen. Dieses nicht vorauszusehende und daher auch nicht gewünschte Geschehen hatte auch vor mir nicht haltgemacht, und so war ich plötzlich in eine entfernte Ecke des Tempels gespült worden und vor einer Reihe von Gittern gelandet, an denen, diesmal geschlechtlich gemischt, an den Beinen angekettete Männer und Frauen jeglichen Alters lagen.

Der Hauptakteur war diesmal ein magerer Junge, höchstens zehn Jahre alt. Er lag mit weit ausgebreiteten Armen und Beinen, fast an eine schlechte Christusimitation erinnernd, mit dem Gesicht nach unten auf dem schmutzigen Steinboden. Seine dünnen Beine waren ebenfalls mit einer an den Endgliedern leicht angerosteten schweren Kette an den Eisenstäben befestigt. Unauffällig trat ich näher und erkannte nun auch vollends den Sinn dieser eigenartigen Position. Auf den ersten Blick war klar: Hier wurde eine weiteres, schmerzhaftes Experiment „pure Materie gegen widerspenstigen Geist" durchgeführt, lagen doch auf dem Rükken des Jungen - vermutlich hatten sie Tempelhelfer zusammen mit den Angehörigen dort plaziert - drei oder vier wuchtige Steinbrocken.

Wollte man ein bekanntes Sprichwort etwas ummünzen, würde dies bedeuten: „Auf groben Geist ein grober Stein."

Direkt auf seinen Schulterblättern hatten sie einen besonders großen Stein gewälzt, der, darüber bestand kein Zweifel, bestimmt den Körper recht unangenehm in Mitleidenschaft zog. Mit anderen Worten: Der Junge mußte, ebenso wie vorhin die alte Frau, große Schmerzen aushalten. Daß dies nicht nur eine Vermutung war, konnte ich feststellen, als ich noch einen Schritt vorrückte, und damit in seinen, durch die Umstände bedingten, engen Gesichtskreis eintrat. Obwohl der Junge sicherlich nur meine Schuhe und, falls es hochkommt, einen kleinen Teil meiner Beine sehen konnte, forderte er mich mit einer tiefen Männerstimme auf, nein, befahl er mir, und zwar unverzüglich, endlich die verdammten Steine zu entfernen, und zwar sollte ich mit dem großen beginnen und danach die anderen entfernen. Sonst, ja sonst, würde er - und dies klang wie eine ernsthafte Drohung aus einem dazu berufenen Mund - fuchsteufelswild werden und alle bösen Dämonen auf mich herab wünschen und mir mit deren Hilfe in Sekundenschnelle das feiste Genick brechen. Außerdem wäre es ihm ein Leichtes, mir alle meine morschen Knochen im Leib zu zerschlagen, mir und meiner angestammten Brut, und zwar auf immer und ewig.

Betrachtete man nun die Situation des Jungen realistisch, dann konnte man nicht umhin, seine Frechheit, oder eleganter ausgedrückt, seinen erstaunlich unbekümmerten Wortschatz zu bewundern. Denn war es möglich, daß ein kleiner Junge, von nachweislich schwächlicher Statur, der sich noch dazu in einer selten mißlichen Lage befand, einem Erwachsenen, dem seine körperlichen Kräfte weitgehend frei zur Verfügung standen, irgend etwas befehlen oder ihn sogar mit tödlicher Vergeltung drohen kann?

Sophistisch gesprochen: Er kann, natürlich kann er. Wortmalerisch geantwortet folgt aber dem auf rabulistischen Beinen unsicher daherstelzenden Wortgemengsel die berechtigte Skepsis stehenden Fußes.

Noch einmal von vorne: realistisch betrachtet!

War aber nun diese Situation auch realistisch?

Nein, sprach doch der Tonfall des Jungen bereits Bände. Hier verschaffte sich nicht etwa ein dünnes Kinderstimmchen Gehör, sondern hier drohte, befahl und schimpfte mit dröhnenden Baß ein mit Worten nicht eingrenzbares Böses, das sich des schwächlichen Körpers des Jungen bemächtigt hatte und daraus wohl nur mit großen Mühen wieder zu vertreiben war.

Jetzt, an diesem dramatischen Höhepunkt, den eine schuldlos in die Welt geworfene Existenz, eingeschlossen in einen schier unentrinnbaren autistischen Käfig, zu erdulden hatte, wäre wohl, nach altbewährter Methode, ein solider poetischer Rückgriff in die bereitstehende Logikkiste fällig, um mit einem verballhornten Lückenbüßer etwa von der Art: „Wenn der Wahnsinn am größten ist, naht der Rettungswagen oder so ähnlich", der sich einstellenden Ratlosigkeit wenigstens ein klein wenig entgegenzusteuern. Da die eben geschilderte Situation jedoch keine künstlich zusammengebastelte Scheinwelt widerspiegelte, konnte nur zweierlei eintreten: Entweder nichts oder ein dem Nichts Entgegengesetztes. Und diesen Gedanken weitergeführt: Falls das Letztere eintrat, dann konnte es sich nur um etwas Wirklichkeitsnahes handeln.

Genauso war es!

Dazu der kurze Bericht:

Auf vier Beinen betrat das Lebewesen leise, wie gerufen die Szene. Ansonsten erzähle ich nichts Neues mehr, denn es war mir im Tempel bereits ein paarmal über den Weg gelaufen. Der Hund nun, die Hündin oder die Hundheit ging in genau der gleichen Weise vor, wie ich es bereits bei der Greisin beobachtet hatte. Nur verschmähte er diesmal den direkten Kontakt nicht, sondern tappte zielstrebig bis an den Kopf des Jungen heran und stupste ihn sanft mit der Schnauze an. Unwillkürlich zählte ich diese Kopf - Schnauze Berührung mit. Einmal, zweimal, dreimal...... Beim zehnten oder elften Stupsen machte sich schräg hinter mir beifälliges Gemurmel bemerkbar. Vermutlich handelte es sich um die Angehörigen, die so dem Reittier Hanumans - nur ich nahm es als simplen Hund wahr - ihren ersten Dank abstatten wollten.

Ich war, versucht man den stupenden Vorgang in Worte zu kleiden, zufälliger Augenzeuge eines göttlichen Eingriffes geworden. Und - trotz der ungeheuren Banalität, mit der alles ablief, hatte ich nicht einen Stupser der Hundeschnauze versäumt. Wirklich wichtig jedoch war: Die Veränderung zeigte sich augenblicklich. War der Junge noch vor Minuten ein geiferndes kleines Bündel Mensch gewesen, so war jetzt, nach der Berührung mit dem Hund, Seltsames eingetreten. Von den Füßen aufwärts ging ein deutlich sichtbares

Zittern durch seinen mageren Leib und erreichte etwa nach dem zwanzigsten Kontakt den Kopf. Fast unvermittelt trat eine Normalität der Gesichtszüge ein. Waren sie vor kurzem noch halb verzerrt, ins Fratzenhafte verzogen gewesen, mit starrenden, rot umrandeten Augen, so wirkten sie nun entspannt und friedvoll.

Daneben lief, tickte oder rann jedoch unerbittlich die Zeituhr weiter: Sekunden, Minuten, vielleicht Stunden waren vergangen. Auf mich umgedeutet hieß dies, meine Aufmerksamkeit war so sehr auf den Jungen gerichtet gewesen, daß mir völlig entgangen war, wie der Hund, genauer, das göttliche Reittier, ebenso leise, wie es oder er gekommen war, bereits wieder irgendwo im Tempel verschwunden war.

Ich tat es ihm nach und verließ ebenfalls den Ort, den Tempel. Draußen, ich hatte aufs Geratewohl einen mir bisher unbekannten Weg benützt, sah ich, wie sechs oder sieben Hunde, unter ihnen auch der „Wunderheiler", in dem schmutzigen Wasser einer alten Zisterne herum plantschten, während auf der gegenüberliegenden Seite Gläubige geduldig darauf warteten, bis die Tiere endlich ihres Spiels überdrüssig werden würden, um eben dieselbe dunkle Brühe als Heilwasser verwenden zu können.

Denn als sicher galt: Gerade dieses abgestandene Wasser erweist sich als besonders wirksam im Kampf gegen Dämonen.

Die Unterredung   (Rajasthan-Jaisalmer)

Der Raum, in dem der Weise lebte war klein: ungefähr vier Meter im Quadrat. Von der Decke baumelte eine nackte, brennende Glühbirne. Das einzige Fenster war mit einer groben Sackleinwand verhängt. Wo die Tünche sich in großen Flecken von den Wänden gelöst hatte, fiel der Blick auf roten Sandstein.

Der erste Eindruck: Düster und ungemütlich.

Die Inneneinrichtung bestand aus einigen, windschief an den Mauern angebrachten, wurmstichigen Brettern, auf denen kunterbunt die Utensilien eines langen Berufslebens lagerten. Dazu gehörten: leere Phiolen, allerlei Flaschen verschiedenster Art und Größe, halbvolle und leere Dosen, ein paar verdreckte Plastikkanister und, als medizingeschichtliche Steigerung ein leidlich blank geputzter Mörser, unentbehrliches Werkzeug zum Zerstampfen und Zerkleinern von Kräutern. Dicht daneben ein Kerosinbrenner, bedeckt mit einer zentimeterdicken Staubschicht, untrügliches Zeichen dafür, daß er in der Gunst seines Besitzers stark gesunken war.

Doch damit ist meine Aufzählung noch lange nicht beendet. Es gab noch andere Einrichtungsgegenstände: ein Bett, auf dem der Weise für gewöhnlich saß (und auch schlief) und ein Sofa. Darauf durften es sich die Patienten und anwesende Verwandte bequem machen. Das Sofa barg noch andere Geheimnisse. In der Mitte war es durchgesessen, und aus seinem ausgebleichten, grünlichen Bezug ragten Stahlfedern heraus, die jeden Benutzer zur völligen Bewegungslosigkeit verdammten, wollte er nicht riskieren, unliebsame Stiche und Schnitte abzubekommen. Außerdem wartete es, neben den direkten körperlichen Einwirkungen noch mit mißliebigen und meist ungewünschten Begleittönen auf und bereicherte so das Sitzen zusätzlich akustisch. Ob die Töne von den leicht angerosteten Federn stammten, oder ob das altersschwache Sitzmöbel über ein weiteres Innenleben verfügte, konnte ich nicht feststellen. Neben den fest installierten Dingen waren noch ein paar kleinere des täglichen Gebrauchs vorhanden, so unter anderem eine Plastikdose, die laut Aufschrift früher als respektabler Aufbewahrungsort für ein mir unbekanntes Speisefett gedient hatte und jetzt als ordinärer Spuknapf herhalten mußte, des weiteren: eine Schale aus Ton, in der sich diverse Zigarettenstummel zu einem bizarren Gebilde zusammengefunden hatten, ein rostiger Topf....., ein Tiegel...., eine Kann....., ein..... Natürlich war auch der Boden nicht sauber. Überall lagen abgebrannte Zündhölzer, Papierfetzen, Holzstückchen und ähnliches herum.

Und der Weise selbst?

Nun, er befand sich, legte man strenge Maßstäbe zugrunde, weder in einem sauberen, noch einem reinlichen Zustand. Im Detail: Sein Kleidung war mit Flecken jeder Art übersät; Speise-, Schmutz-, Urin-, Kotflecken.

Fazit: Er strömte einen strengen Geruch aus. Aber auch körperliche Unversehrtheit war nur noch in Maßen vorhanden, was bei genauerer Betrachtung bedeutete: In seinem Mund faulten zwei oder drei Zahnstummel still vor sich hin, und das Gesicht mit der vorspringenden Unterlippe war mit vielen Altersflecken übersät.

Kindlich regrediert?

Nun, diesem Rückgriff auf psychologischen Jargon stand der weißliche, in dünnen Strähnen herabhängende Vollbart entgegen, der ihm, zusammen mit den tiefen Falten, die sich in seinem Gesicht eingegraben hatten, eher den Ausdruck eines listigen Zwerges verlieh.

Doch alle Äußerlichkeiten waren erst einmal Äußerlichkeiten und deshalb als Maßstab nur sehr bedingt zu gebrauchen, da sie oft nur Unwichtiges kumulieren. Zudem war seine Diktion, mit er sofort loslegte, ganz anders gestaltet, als ich sie erwartet hatte, sah er doch von der üblichen tastenden Natur der Fragestellung ab, die für gewöhnlich einem solchen Gespräch vorausgeht und ging unverzüglich in die Vollen.

„Es gibt viele Methoden", begann er, ohne weitere Umschweife, die spirituelle Problematik mit einbeziehend, „und ich verfüge nur über geringe Kenntnisse. Eigentlich weiß ich nur über ein paar Details Bescheid".

Offensichtlich arbeitete er nach der angewandten Methode der Tiefstapelei oder aber die andere Möglichkeit: Er war eine vollkommene Null.

Die Frage war nur: Konnte er damit in einem Land wie Indien leben und vor allem überleben?

Dem Weisen selbst schienen solche Widersprüchlichkeiten nichts auszumachen, denn unverzüglich war er damit fortgefahren, den ihm zugängigen Bereich abzustecken.

„Außerdem bin ich nur für die aus Feuer geschaffenen Geister zuständig. Für euch Westler", hier zwinkerte er mir verschwörerisch zu, „ist dies allerdings ideal. Seid ihr doch alle im Kopf stark erhitzt, ja, geradezu überhitzt".

Falls ich nicht einer argen Täuschung unterlag, existierten in seinem Gehirn wohlgeordnete Schubladen, in die er seine Patienten, Besucher und die übrige Welt je nach Bedarf verstauen konnte.

„Außerdem gehe ich nicht auf Friedhöfe und opfere dort nicht irgendwelchen bösen Geistern", wartete er mit weiteren Details auf. „Außerdem......"

Das vertrackte Umstandswörtchen schien entweder zu seinem Lieblingsvokabular zu gehören, oder, faßt man die andere Möglichkeit ins Auge, sein Wortschatz gestaltete sich relativ bescheiden. Jedenfalls blieb die Tatsache bestehen, daß er es im Verlaufe des Gesprächs immer und immer wieder verwendete, selbst an den unpassendsten Stellen.

(Ich wandle deshalb, soweit nötig, die auf längere Sicht ermüdende Wortwahl in eine etwas gefälligere Sprache um.)

„Meine Aufgabe ist es", umriß er dann kurz seine Position, und nach dem erneuten Gebrauch des eben umschriebenen Wörtchen, „deine Stimme zu Allah zu bringen. Oder, um den Ausspruch eines bekannten muslimischen Mystikers zu gebrauchen, ich klopfe nur in deinem Namen an Allahs Türe, nein Tor. Muß es nicht doch besser Türe heißen? Nein, Tor. Türe. Tor....Türe...."?

Die beiden Wörter hatten wohl eine versteckte Saite in ihm zum Schwingen gebracht, denn der Weise hing sinnend ihren Klang nach und verbrachte wohl zehn Minuten damit, sie laut vor sich hinzumurmeln, um sie abwechselnd auf ihre Verwendbarkeit hin zu überprüfen.

„Allah ist wählerisch", versuchte er - nach einem kurzen Seitenblick - meine skeptische Miene zu entkräften. „Man muß ihn mit klaren Begriffen gegenübertreten, sonst verwirft er alle an ihn gerichteten Anliegen sofort".

Er schüttelte bedauernd en Kopf. „Nein, heute werde ich wohl nicht mehr zu einem klaren Ergebnis kommen. Aber Allah wird mir sicher dabei helfen", beruhigte er sich daraufhin und kratzte sich nachdenklich am Fuß, offenbar um sich eine Gelegenheit einzuräumen, seine Gedanken zu ordnen.

„Aber nun zu dir", wechselte er dann ohne erkennbaren Übergang das Thema. „Manchmal", holte er weit mit den Armen aus, so als wollte er die gesamte Menschheit wohlwollend umschlingen, „manchmal, läuft es so ab".

„Was"? wagte ich überflüssigerweise einzuwenden und schalt mich insgeheim sofort einen Narren angesichts dieser Vorwitzigkeit, würde ich doch vermutlich unverzüglich seinen Redefluß zum Stocken bringen.

„Unterbrich mich nicht immer"! polterte er auch prompt los und warf mir, für einen Weisen, unziemlichen bösen Blick zu.

„Du versuchst fortlaufend, das Gespräch an dich zu reißen", war er immer noch nicht zu beruhigen, trotz der Beteuerung, daß mein Redebeitrag bisher nur aus dem unschuldigen Fragewort bestanden hatte. „Und außerdem", zog der Weise sattsam Bekanntes wieder zum Vorschein, „ist es fraglich, ob......"
An dieser Stelle brach er plötzlich ab und begann wie närrisch das Gesicht in alle Richtungen zu verziehen und stieß dabei prustende Laute aus, was mit etwas Phantasie durchaus als befreiendes Lachen gedeutet werden konnte.

„Allah prüft mich", gab er dann - augenscheinlich war ihm mein fragendes Gesicht aufgefallen - als Erklärung zu besten.

„Deshalb meine Kauzigkeit".

Ich nickte nur zaghaft, um nicht erneut seinen Zorn zu erregen.
„Das bedeutet", fuhr er - ohne von meiner Reaktion Notiz zu nehmen - fort, „daß dein Kommen unter einem Glücksstern steht. Denn Allah sendet seine Zeichen niemals ohne einen Anlaß".

An westlichen Kriterien gemessen, hätte man diesen seltsamen Weisen wohl eher in die Ecke zu den „närrischen neuen Alten" gestellt, und zwar als einen von der Sorte, die in Seniorenheimen bei jeder sich bietenden Gelegenheit als Ausbund einer immerwährenden Fröhlichkeit fungieren und das in der lockeren Reihenfolge: lustig, laut, lärmend. Was als vorläufige Summe eine nicht zu übersehende Prä- bis Semisenilität ergibt. Doch andere Länder, andere Senilitätskriterien. Schließlich war er mir als ernsthafter Vertreter seines Berufsstandes geschildert worden, mit allen darin enthaltenen Stärken und Schwächen. Vielleicht hatte ich auch nur zu sehr auf seine Schwächen geachtet, oder aber, er hatte seine Stärken geschickt vor mit verborgen gehalten. Bisher jedenfalls war ich nicht so recht schlau aus ihm geworden und wurde es auch durch seine nächsten Sätze nicht.

„Mein Verhalten", setzte er gerade zu einer weiteren Erklärung an, „ist für mich sonnenklar. Für dich jedoch dürfte es einige Zweifel aufwerfen, seid ihr doch allesamt große Zweifler. Denn der Zweifler zweifelt, nein, er verzweifelt, da er durch Zweifel....."

Erneut stürzte sich der Alte in einen geisttötenden Wiederholungszwang. Der kleine Unterschied bestand diesmal darin, daß er seine beiden dünnen Hände zur Untermalung des Vorganges heranzog, wobei er die zu untersuchenden

Begriffe nahezu so, wie ein Händler seine Gewichte auf die Waage legt, um sie vorsichtig auszutarieren, die leeren Hände mit der imaginären Belastung langsam auf und ab bewegte, wobei er sich in einem zunehmenden Gegensatz zu dem wirklichen Gelingen eines Wiegeablaufs befand, mit anderen Worten, je häufiger er die Handlung durchführte, um so mehr stieg auch seine Verwirrung. So ging es noch eine geraume Zeit weiter. Der Alte brummelte nachdenklich vor sich hin, und ich konzentrierte mich mittlerweile auf die bereits erwähnten Flecken an der Wand. Zeigte doch der freigelegte Sandstein wunderschöne Formen. So stiegen an vielen Stellen wie kleine Sträucher haarfeine, regelmäßige Risse in die Höhe, bogen ab und entzogen sich dann vollends dem menschlichen Auge.

Und noch etwas geschah. Ein Gefühl des Unbehagens, der Angst, stieg in mir auf. Es war nicht abzuleugnen, ich näherte mich wieder „diesem" Zustand, den ich fürchtete und den ich floh, an. Augenscheinlich hatte der Weise mit seiner Begriffsgaukelei in mir offenliegende Bewußtseinsschichten berührt, und vieles deutet daraufhin, daß ich wieder in diese Vorhölle stürzen konnte.

Entfalteten doch die Risse plötzlich eine seltsame Eigendynamik. Nachdem sie höher und höher gewachsen waren, durchdrangen sie ohne weitere Umstände das Dach und setzten dort, jenseits aller Beschränkung, ihr ungestümes Wachstum fort. Seltsamerweise gelang es mir jedoch ohne große Mühe, mit ihnen Schritt zu halten. Auf menschliche Kategorien übertragen: Ich paßte meine Größe dem Wachstum der Risse an und befand mich innerhalb kürzester Zeit irgendwo am blauen Himmelsgewölbe wieder.

„Sobald du sie erreicht hast, erstattest du mir Bericht!" hörte ich von weither ein dünnes Stimmchen rufen. Ich achtete nicht darauf und konzentrierte weiterhin meine Aufmerksamkeit auf die Risse, die sich in der Zwischenzeit zu grotesken Gebilden entwickelt hatten, aus denen wiederum merkwürdige, menschlich anmutende Formen emergierten.

Doch die Zerstörung folgte auf dem Fuß!

So abrupt geschah dies, daß die Beendigung dieses Bewußtseinszustandes beinahe nur mit unheilsschwangeren, apokalyptischen Ausdrücken beschrieben werden kann.

Leider!

Diese Wörtchen des Bedauern weist wie vieles zwei Seiten aus. Einerseits war die Aufhebung dieser schrecklich morbiden, aber auch herrlich luziden Situation etwas Schmerzliches, Verlustreiches: andererseits ist ziemlich sicher - und darauf sollte das Hauptgewicht liegen - , daß mir dadurch ein beträchtliches Stück geistiger Gesundheit bewahrt wurde.

Nach vielen wichtigtuerischen Worten trat der eigentliche Einbruch eher banal ein. Zurück holte mich nämlich ein undefinierbares Geräusch, das wie eine Art Schnippen oder Schnalzen klang, was in meinen Fall bedeutete: Ich saß wieder in dem engen Raum mit den vergammelten Utensilien, dem Alten, dem Weisen gegenüber und betrachtete verwirrt dessen hinterhältiges, lauerndes Grinsen.

„Nun, hast du sie erreicht?" bequemte er sich nach einigen Minuten des Abwartens zu äußern.

Ich zuckte nur ratlos mit den Schultern.

„Du hast mich also nicht gehört?" deutete der Alte meine hilflose Reaktion richtig.

„Ich habe so etwas wie eine Stimme gehört, konnte mir aber keinen Reim darauf machen", räumte ich zögernd ein.

„Wenn ich dich nicht zurückgeholt hätte, wären sie mit dir über alle Berge hinweg", lachte er spöttisch. „Und eine Rückkehr wäre fraglich gewesen".

„Wer wäre mit mir über die Berge hinweg?" fragte ich unschuldig zurück, obwohl es mir keinerlei Mühe bereitete, den durchsichtigen Fragenkomplex des Alten aufzudröseln.

„Nun du hast es bereits richtig erraten", konterte er unverzüglich und ordnete damit meine Ausflüchte in den richtigen Zusammenhang ein. Möglicherweise hatte ich ihn doch gewaltig unterschätzt.

Doch was wußte er wirklich?

Die Beantwortung dieser heiklen Frage stand noch aus. Wußte er tatsächlich etwas oder jonglierte er nur langatmig mit verwaschenen Begriffen herum, um auf diese Weise sein ohnehin karges Wissen nur häppchenweise preiszugeben.

„Unsere Geister, die guten und die bösen", unterbrach er meine Überlegungen, „zeigen sich noch in der richtigen, in der altmodischen Form. Im Gegensatz zu euren, die nur noch schwammige, undefinierbare Kleckse und Mißtöne sind".

Ich schreckte zurück.

Ahnte oder kannte er meine Erlebnisse? Bluffte er oder hatte er doch Zugang zu solchen Dingen?

Die andere Möglichkeit: Es handelte sich um universale Abläufe, die in ihren Ausprägungen nur ethnisch abgestuft waren.

Währenddessen hatte der Weise bereits weitergesprochen. Die ersten Worte bekam ich nicht mehr mit. Für das Gesamtverständnis spielen sie aber keine Rolle. Er sagte: „.....an deinem Gesichtsausdruck bemerkt, wer dich besucht hat". Er schmunzelte. „Sei froh, daß ich dein beinahes Zusammentreffen so schnell beendet habe, denn sonst wärest du in deren Fänge geraten. Die Geister nämlich, die hoch oben am Firmament herumschweifen, hatten dich bereits erspäht, und natürlich haben sie sofort bemerkt, daß du noch geschwächt bist. Es wäre ihnen ein Leichtes gewesen, dir den Verstand auszublasen".

„Einmal hätten sie es bereits beinahe ges......" Ich brach ab und schlug mir verlegen auf den Mund. Der Alte antwortete nicht, sondern lächelte nur seherisch vor sich hin. Eine ganze Weile blieben wir stumm. Von außen hörte ich, durch die Wände gedämpft, den Ruf eines Wasserverkäufers, dann brach er das lastende Schweigen.

„Ich weiß", begann er, ignorierte vollständig mein unfreiwilliges Eingeständnis und verfiel wieder in sein halbirres Kichern, „daß Leute wie du nicht viel Zeit übrig haben. Deshalb werde ich einfach einen Talisman verbrennen. Und während wir beide im Rauch baden werden, lege ich einige mystische Quadrate aus. Und.....", er zögerte, „nun wir werden sehen. Falls du damit einverstanden bist", beeilte er sich, hinzuzufügen.

Ich nickte nur.

„Ich deute dein Schweigen als Zustimmung", kicherte er erneut penetrant und zeigte dabei seine verfaulten Zahnstummel. Unsere Zusammenkunft schien ihn köstlich zu amüsieren. „Allah mag keine griesgrämigen Menschen", versuchte er dann, nachdem er einen Blick auf meine verschlossene Miene geworfen hatte, mir ein Erklärungsmodell für sein Verhalten nahezubringen. Unversehens griff er hinter sich, wobei er unerwartete Gewandtheit an den Tag legte, und holte einen Gegenstand hervor. Mit unverhohlenen Stolz verkündete er: „Ich habe übrigens bereits einen Talisman für dich bereitgehalten". In den Händen hielt er einen schmutzigen, kleinen braunen Beutel von länglichem Format: „Das kostbarste, was ich besitze! Entscheidend ist aber vor allem seine Wirksamkeit. Außerdem......"

Er lachte, als er den gequälten Zug in meinen Gesicht sah, der sich unwillkürlich eingestellt hatte, kaum daß ich mit diesem, bereits vergessen geglaubten Wort konfrontiert wurde. Ungeachtet dessen ließ er sich jedoch nicht zu irgendwelchen sprachlichen Zugeständnissen an mich hinreißen, sondern verwendete es souverän erneut.

„(Siehe oben!)......enthält er auch einige, den verschiedenen dunklen und hellen Seiten des Lebens zugewandten Aspekte".

Ich verdrehte gespielt die Augen und hob abwehrend die Hände.

„Nein, nein, nicht, was du vielleicht darunter verstehst", spielte er den Entrüsteten. „Ich habe kein Teufelszeug, das dir vorgaukelt, du sitzt auf einen Feuerstuhl oder ähnlichem. Nur wohlriechende Kräuter finden bei mir Verwendung. Alles ist pflanzlichen Ursprungs". Diesmal war sein Lächeln ernst. „Denn ich habe gehört, daß es gerade das Natürliche ist, das ihr bevorzugt. Habe ich recht?"

„Nicht alle Westler sind gleich“, antwortete ich ausweichend, und rückte in winzigen Bewegungen auf dem Sofa hin und her, um das kleine Kunststück fertigzubringen, weder von den Federn traktiert zu werden, noch ein Quietschkonzert zu veranstalten.

„Sicher, sicher!“ kam mir der Weise entgegen und ließ seine schwarz umrandeten Augen nicht von dem Talisman. „Sieh her!“ wedelte er mit dem Beutel vor meinem Gesicht herum. „Ich werde ihn in ein mit besonderen Öl getränktes Tuch wickeln und daraufhin langsam verbrennen“.

Ob er zu diesem eher banalen Vorgang wirklich meine Zustimmung erwartete, war nicht auszumachen, denn ohne sich um mich zu kümmern, hatte er bereits ein ausgefranstes Stück Stoff hervorgekramt, das wie alle Dinge hier nicht gerade vor Sauberkeit glänzte und startete mit leicht zittrigen Händen den Versuch, eine Art Verpackung zuwegezubringen.

„Meine Finger machen nicht mehr so richtig mit“, murmelte er entschuldigend mehr zu sich selbst, als der Stoffetzen, der sich von seiner widerspenstigen Seite zeigte, immer wieder wie von Zauberhand aufrichtete, nach allen Richtungen davon strebte und zusätzlich noch von der üblichen Norm abweichende Falten und Knicke aufwarf.

„Am Ende siegt immer der Geduldige“, atmete er dann erleichtert auf, nachdem es ihm halbwegs gelungen war mit der Materie zurechtzukommen und schlang zur zusätzlichen Sicherheit noch ein längeres Stück Schnur herum und räumte letzte Zweifel an dem Ganzen mit einem unförmigen, doppelten Knoten aus. „Der winzigste Handgriff falsch ausgeführt, und alles ist beim.... äh, nein“, stotterte er und schüttelte den Kopf. „Nichts wird gelingen. Alles war umsonst“.

Den zu einem surrealistisch anmutenden Kunstwerk verpackten Talisman legte er dann vorsichtig vor sich auf den Boden, strich dabei sanft über den Stoff und rückte ihn noch einige Male ein wenig in alle vier Himmelsrichtungen, bevor er sich endgültig zufrieden gab.

Damit war die Vorstellung aber noch lange nicht beendet. Nach diesem relativen Sieg über die Dinge schlug er heftig die welken Hände zusammen, was jedoch nur ein mattes Patschen hervorrief, und verzog dann sein Gesicht zu einer mehr mißglückten Denkerpose.

„Der nächste Schritt muß ebenfalls sorgfältig geplant werden", nuschelte er unkonzentriert und erweckte dabei den Anschein, und zwar nicht zum erstenmal, daß ihm der Faden, der die nächsten Handlungsabläufe miteinander verknüpfen sollte, abhanden gekommen sei. Eine Zeitlang zog er krampfhaft die Stirne kraus - offenbar eine ihm eigene Methode, sein Gehirn zur weiteren Mitarbeit anzuregen - bis ein erleichtertes Schnaufen ankündigte, daß sich eine, wie auch immer gelagerte Lösung, ankündigte.
„Sieh her!" forderte er mich auf und hob vom Boden vier geometrische Figuren auf, deren bunt bemalte Oberflächen mehr den unbeholfenen Malversuchen von Kleinkindern ähnelten, als einem ernsthaften Bemühen, tiefgründige Angelegenheiten klar zum Ausdruck zu bringen. „Magische Kreise! Damit werde ich die unliebsamen Geister kontrollieren und vorübergehend ihre Macht so schwächen, daß sie keine Gefahr für dich darstellen können".

Mit einer Handbewegung signalisierte ich ihm mein Einverständnis.

„Ich stelle fest, du bist ein ernsthafter Mensch", deutete er meine Schweigsamkeit in seinem Sinne und ließ sich ächzend auf die Knie nieder und kroch langsam und leise stöhnend um mich herum, sorgsam die Figuren auslegend, wobei sein Hauptaugenmerk den vier Himmelsrichtungen galt. Die Farben entsprachen dabei den vier Elementen. Gelb stand für Erde, Silber für Wasser, Rot für Feuer, und Hellblau für Luft.

Eine von allen Winkelmagiern und Graswurzeltherapeuten jeglicher Schattierung zu allen Zeiten angewandte Uraltmethode, dachte ich enttäuscht und wollte trotzdem dem Alten seinen Spaß gönnen, denn ich sah, wie sich seine Wangen vor Begeisterung mit einer leichten Röte überzogen. Einige Zeit kauerte er so, einem schnüffelnden Hund nicht unähnlich, unten am Boden, ließ zwischendurch, ganz weltlich, ordinäre Schmipfkanonaden los und krabbelte dann langsam wieder in die Höhe, wobei er alle verfügbaren Ecken und Kanten zu Hilfe nahm.

„Paß auf!" bezog er mich wieder in das Geschehen mit ein, „ich werde jetzt den Talisman anzünden. Bedingung jedoch ist, daß du dich nicht von der Stelle rührst. Hast du verstanden?"

„Ich habe verstanden!" beruhigte ich ihn.

„Denn eine unbedachte Bewegung deinerseits", beschwor er mich eindringlich, „könnte die Geister auf das Äußerste reizen und uns beide in höchste Gefahr bringen".

Noch während er sprach, hatte er das unförmige Bündel in eine rußige Pfanne mit niedrigen Rändern gelegt und nach einem Gasfeuerzeug aus Plastik gegriffen, eines von diesen häßlichen Modellen, die in unzähligen Stückzahlen um den Globus zirkulierten. Als ich das Ding sah, hätte ich beinahe das eben abgegebene Versprechen wieder gebrochen, denn mein Mund hatte sich bereits wie durch Zauberhand von selbst geöffnet und nur die schnelle Reaktion des Weisen hielt mich davon ab.

„Still jetzt!" vergatterte er mich, legte seinen Daumen auf die für ein Funktionieren vorgesehene Stelle und drückte hingebungsvoll. Wieder und wieder drückte er. Akribisch zählte ich die Versuche, die zum Erscheinen der Flamme führen sollten, mit: ein...., zehn, zwanzig, achtundzwanzig. Beim neunundzwanzigsten Male - ich hatte die Hoffnung auf ein Zstandekommen bereits aufgegeben - glückte der Versuch. Die gewünschte Flamme materialisierte sich, und auf dem Gesicht des Alten breitete sich umgehend tiefe Zufriedenheit aus. Einige Sekunden lang betrachtete er wie verzückt die tanzende Flamme, hielt neckisch das Feuerzeug in Höhe seines rechten Ohres, um sich auch die Intensität des Geräusches nicht entgehen zu lassen und brach dann plötzlich den vorherrschenden Zauber, indem er sich in einer, seinem fortgeschrittenen Alter angemessenen Bewegung vorbeugte und den Talisman in Brand setzte.

Umso verwunderlicher war, daß dieser, angesichts der etwas verunglimpften bisherigen Handlungen, die überwiegend den Charakter des Provisorischen trugen, umgehend auch Feuer fing. Doch damit der Merkwürdigkeiten nicht genug. Augenscheinlich hatte der Talisman nur darauf gewartet, seine lange aufgestaute Wirkung endlich freisetzen zu können, denn er entwickelte umgehend eine ungewöhnlich starke Rauchwolke, die, das war selbst ohne große Phantasie abzusehen, in dem winzigen Raum innerhalb kürzester Zeit eine Atmung unmöglich machen würde.

Meine Reaktion war deshalb eindeutig. Ich hielt mir, in Erwartung der sich veränderten Situation, bereits schützend eine Hand vor das Gesicht, um wenigstens das Gröbste abzuwehren, als wie durch ein Wunder der Rauch so plötzlich verschwand, wie er gekommen war. Nur eine schwach glimmende Stelle blieb übrig, die sich rasch ausbreitete und den gesamten Talisman erfaßte.

Der Weise war indessen nicht müßig geblieben. Er hatte wiederum auf den Boden Platz genommen und damit begonnen, rhythmisch den Oberkörper zu bewegen. Und noch eine Variante bot er auf. Kürbisartig blähte er den Hals auf und stieß dazu bellende Laute aus.

Soviel war klar: Er versuchte, sich in Trance zu versetzen, was ihm, soweit ich dies beurteilen konnte, auch gelang, denn der Körper wurde von einer seltsamen Steifheit erfaßt, und auch seine Augen mochten als Indikator dienen, hatten sie doch eine glasige Starre angenommen und spiegelten auf eine merkwürdige Art und Weise Facetten des Innern wieder.

Mir fehlt die Erinnerung, wie lange dieses fremd anmutende Geschehen andauerte. Brülltöne, Pfeiftöne wechselten sich mit Heultönen ab, die - alles deutete darauf hin - durch die rhythmischen Veränderungen des Oberkörpers gesteuert wurden, da die Höhe der ausgestoßenen Laute mit der Geschwindigkeit der Bewegungen korrespondierte.

Soweit meine Beobachtungen. Vielleicht spielte mir auch meine stets bei jeder passenden und unpassenden Gelegenheit sich in den Vordergrund schiebende Pedanterie einen Streich und das, was ich sah, hatte mit dem wirklichen Ablauf nicht das Geringste gemein.

Nicht zu übersehen waren jedoch gewisse Parallelen zwischen meinen eigenen Erlebnissen und dem sich mir jetzt bietenden Schauspiel. Problematisch blieb allerdings die Kürze. Denn kaum war es mir gelungen, die Abläufe wieder miteinander in Bezug zu setzen: hier Weiser, da ich, oder weniger personenbezogen, sondern mehr geographisch gedeutet, hier Hütte, da Berge, als der Weise bereits wieder meine volle Aufmerksamkeit beanspruchte, indem er sich wie ein nasser Hund heftig schüttelte, ein unartikuliertes Geheul von sich gab und darauf quietschvergnügt nach oben deutete.

„Ich habe sie gespürt!" platzte er dann, ohne einen erkennbaren Zusammenhang zu unserer momentanen Situation herzustellen, heraus und stach wie närrisch mit dem rechten Zeigefinger in die Luft.

„Das verstehe ich nicht ganz!" antwortete ich wahrheitsgemäß und untermauerte meine Worte mit einem verneinenden Kopfschütteln.

„Nun, die Geister, die dich heimsuchen", erklärte er aufgeregt.

Verblüfft hob ich den Kopf. „Die Geister die mich.....", wiederholte ich ziemlich begriffsstutzig und variierte: „Du hast sie gesehen?"

Stolz nickte er und setzte eifrig seine merkwürdige Fingerakrobatik fort, wobei er sie nun ausweitete, dadurch daß er beide Zeigefinger zu Hilfe nahm und förmlich die Luft durchlöcherte. Vielleicht wollte er ja auch mit dieser unkonventionellen Methode unter den eben erwähnten unkörperlichen Wesen aufräumen, oder, bescheidener ausgedrückt, wenigstens ein paar davon den Garaus machen, indem er seine altersgekrümmten Finger als Speerersatz verwendete. Schließlich war nicht von der Hand zu weisen, daß es, nach seinem Ermessen, auch einige angejahrte Geister gab, und die konnte er, billigte man ihm nur ein bißchen Glück zu, mit seinen Stoßbewegungen auch erwischen, da nach allem Gesehenen darauf zu schließen war, daß in seinem Oberstübchen doch etwas andere Maßstäbe vorherrschten als man für gewöhnlich annimmt.

„Das ging aber schnell!" gab ich mich nicht zufrieden. „Oder waren es die Geister von der Jet-Abteilung, denen du begegnet bist?" sattelte ich noch einen drauf, da mir seine Behauptungen reichlich überzogen erschienen. „Wie sahen sie denn aus?"

„Ich sagte, ich habe sie gespürt", knurrte der Alte angesichts meiner Witzeleien sichtlich gekränkt, „und nicht gesehen. Geister sieht man nicht, man spürt sie. Im übrigen hast du großes Glück gehabt, denn sie haben sich bloß an deinen Kopf angeheftet. Den letzten Schritt, nämlich in deinen Kopf einzudringen und dein Gehirn zu absorbieren, haben sie nicht mehr geschafft. Du hast also noch eine Chance sie zu vertreiben, falls du es ernsthaft versuchst".

Nun war ich nicht der dumpfe Klotz von einem Menschen, als daß mir der mahnende Hinweis auf meine schalkhafte Art entgangen wäre. Dessen ungeachtet, verspürte ich nicht die geringste Neigung, die eben eingeschlagene Ebene, die mehr auf eine Leichtigkeit der Interpretation abzielte, umgehend wieder zu verlassen, hatte er doch zum wiederholten Male bewiesen, daß seine Aussagen einen eher zweifelhaften Wert besaßen und er, sowie die übrigen Begleitumstände, falls überhaupt, nur mit einer gehörigen Portion Spott zu ertragen waren.

„Ja, Glück muß der Mensch haben!" griff ich daher unbeirrt ein von ihm benütztes Schlüsselwort auf und versuchte, damit den Gesprächsfaden in meinem Sinne weiterzuspinnen.

Doch diesmal ließ er sich nicht beirren und schwenkte souverän aufs Sachliche ab, indem er auf die geometrischen

Figuren deutete: „Die Wächter der vier Himmelsrichtungen haben mir sehr geholfen und die bösen Geister leidlich unter Kontrolle gehalten. Sonst....., sonst....", er zögerte, sichtlich bemüht,die Spannung zu erhöhen, um dadurch seiner eigenen Person mehr Gewicht zu verleihen. „Sonst wäre es möglicherweise anders für dich ausgegangen".

Ich bemerkte, wie sich, wohl durch das Unterbewußtsein gesteuert, ein anmaßendes Grinsen in mein Gesicht stahl. Glaubte dieser alte Narr wirklich, ich würde ihm seine durchsichtigen, an eine Märchenstunde gemahnenden Spielchen, so mir nichts, dir nichts, einfach abkaufen? Andererseits, was konnte es schon schaden, ein paar skurrile geistige Erinnerungsfetzen mehr mit nach Hause zu schleppen?

Die günstigste Vorgehensweise, um den Redefluß nicht vorzeitig ins Stocken geraten zu lassen, bestand wohl darin, ihn noch mehr aus der Reserve zu locken. Mit äußerlich unbewegter Miene - meine Gesichtszüge hatte ich wieder weitgehend unter Kontrolle gebracht - wartete ich deshalb mit einer unverfänglichen, mehr als Lückenbüßer gedachten Frage auf.

„Sicher weißt du noch mehr?"

Der Weise antwortete nicht, sondern war in erster Linie wieder einmal damit beschäftigt, auf die Beine zurückzufinden. Dieses ständige Auf und Ab schien eine Art Jungbrunnen für ihn darzustellen und mochte ihm darüber hinaus langwierige Bewegungsaktionen an der frischen Luft ersparen. Wie, um diese verunglimpfte Turnübung noch ein wenig auszudehnen, wiegte er sich danach noch eine kleine Weile nachlässig auf den Fußballen auf und ab, bevor er den Mund öffnete.

„Wahrscheinlich erwartest du eine Diagnose von mir!" erkundete er vorsichtig abtastend unser beiderseitiges Rollenverständnis.

Ich antwortete nicht, konnte doch hier allein durch ein unbedachtes Wort mehr verdorben werden, als zu gewinnen war. Möglicherweise schränkte der Alte seine Äußerungen noch mehr ein oder hielt sich am Ende ganz damit zurück, was nichts anderes als ein vorzeitiges Abbrechen der Unterredung bedeutet hätte. Dazu war ich aber nicht bereit. Denn, bevor ich ging, wollte ich noch einige folkloristische Würze genießen.

„Es ist", begann er gespielt langsam und richtete dabei den Blick an die Decke, „eine einfache Erkältung des Ichs."

Ich biß die Zähne zusammen und zwang mich, nicht einfach laut loszulachen. Meine Einschätzung erwies sich offenbar als goldrichtig, was die Vielschichtigkeit seiner möglichen Erklärungsmodelle betraf. Jetzt hing es nur noch von meiner Geschicklichkeit ab, ihn zu weiteren spaßhaften Ausmalungen der Thematik zu ermuntern.

„Was nicht mehr und weniger bedeutet", fuhr er konzentriert fort, „daß bei dir siebenhundertundzwölf Nadis - ihr nennt sie vergröbert Nerven, obwohl sie viel, viel mehr sind als bloß Organisches - nicht mehr richtig funktionieren, und zwar sind es bei dir die feinen Nadis, diejenigen, die für den organischen Saft zuständig sind, der aus der Nahrung bezogen wird und die den ganzen Körper bewässern".

„Ich bin also falsch bewässert?" versuchte ich vorlaut auf einen mehr wassertherapeutischen Aspekt hinzuweisen, prallte damit aber bei dem Alten gegen eine Wand von Gleichgültigkeit. Nicht auszuschließen war jedoch, daß sein Desinteresse auch an der mangelnden Aufmerksamkeit liegen konnte, strickte er doch munter weiter an einer Erklärung für mich und meine Geister.

„Schade ist nur", fuhr er nach einer kurzen Unterbrechung, die er entweder als Kunstpause benützte oder zum wirklichen Nachdenken benötigt hatte, fort, „daß du mich nicht bereits am Morgen aufgesucht hast. Ich könnte dann deinen Zustand leichter beurteilen. Am Morgen, kurz nach der Nachtruhe, befinden sich nämlich die Nadis noch in einem reinen Zustand, wogegen sie am Nachmittag wegen der Hitze und der damit verbundenen Körperspannungen getrübt sind".

Gar nicht so ungeschickt, wie er die Tageszeiten als Vorwand heranzieht, meldeten sich bei mir umgehend erste Zweifel. Stimmte die Diagnose nicht, hatte der Patient eben den falschen Zeitpunkt erwischt und so weiter und so fort. Um mögliche Ausreden sind Leute seines Schlages meist nicht lange verlegen, egal ob sie nun Lumpen oder weiße, aseptische Kittel tragen.

Obwohl ich nur mit halbem Ohr zugehört hatte, war mir doch nicht entgangen, daß er gerade dazu ansetzte - die Körpersafttheorie um einige Dimensionen zu erweitern. Dies wollte ich mir nun doch nicht entgehen lassen, ist Neugierde, wie gelagert sie auch immer sein mag, doch eine der grundlegenden menschlichen Eigenschaften, und ich wandte ihm deshalb wieder meine volle Aufmerksamkeit zu.

„Was die Körpersäfte betrifft", hörte ich ihn eben berichten, „so macht starker Wind die Nadis unstet. Ihre Bewegungen gleichen dem Gleiten einer Schlange; vermehrte Galle spiegelt sich in einem froschartigen Hüpfen; vermehrter Schleim macht die Nadis langsam und stetig wie den Gang einer Taube."

„Ein seltsames Vieh hast du da zusammengebastelt", konnte ich nicht an mir halten und unterbrach ihn. „Da könnten unsere Gentechniker noch eine Menge lernen".

Diesmal war es mit seiner Beherrschung vorbei, und er polterte los: „Dein eigener Geist vergiftet dich, und der Neid frißt dich auf!"

Der gedankliche Sprung schien mir nun doch zu gewagt, und ich konterte: „Welcher Neid?"

„Der süße Neid!" gebot er mir mit einer abrupten Handbewegung Schweigen. „Denn der kommt aus dem Süden, während der bittere Neid aus dem Norden kommt. Beide stören die Körpersäfte. Bei dir ist es einwandfrei der süße....."

Nun war er nicht mehr zu bremsen. Nadis, Säfte, Neid mit allen erdenklichen Eigenschaften angereichert, Gifte zuhauf, und immer wieder Wasser, Wasser, wechselten in kunterbunter Reihenfolge. Wie ein übervolles Faß sprudelte er all sein Wissen um diese Dinge heraus.

In kurzer Zeit war er jedoch - dies war abzusehen - wieder bei seinem Lieblingssujet, den Geistern gelandet. Bemühte er sich anfänglich noch um eine gewisse Systematik, indem er in Kategorien einteilte, die ehernen Gesetze des Kosmos bemühte, Ordnungsschematas heranzog und philosophische Brosamen von Werden und Vergehen einflocht, so steigerte sich die Geschwindigkeit seiner Gedankengänge von Sekunde zu Sekunde. Jetzt schöpfte er riesige Geisthorden aus dem Nichts, ließ sie kurzerhand wieder verschwinden, schleuderte sie quer durch den Kosmos, diktierte ihnen die seltsamsten, die unmöglichsten Aufgaben zu, bestrafte sie, lobte sie, und ließ sie je nach Lust und Laune durch die Lüfte purzeln und sogleich wieder zu neuen Taten aufmarschieren. Seine Phantasie schien keine Grenzen mehr zu kennen. Kaum auszumalen, wo diese geistigen Gaukeleien noch enden würden.

Höchste Zeit also, das Spektakel abzubrechen. Das Ganze hatte zusehends einen absurden Anstrich angenommen.

Langsam stand ich auf und schüttelte vorsichtig mein eingeschlafenes rechtes Bein. Mein Entschluß stand fest. Ich würde umgehend diese merkwürdige Stätte des Heilens und der Verrücktheiten verlassen. Nur eines vereitelte meine Absicht. Die unverzügliche Reaktion des Weisen, denn damit hatte ich nicht gerechnet. Und vor allem, daß er sofort auf mich eingehen würde. Wohl ein weiterer möglicher Beweis für seine Absonderlichkeiten, seine unmißverständliche Aufforderung, mich noch fünf, höchstens zehn Minuten in Geduld zu üben, da die Lösung meines „Problems" noch ausstände!

„Es gibt nur eine Möglichkeit", schimmerte allerdings auf der Stelle wieder ein verquerer Zug in seinem Vorschlag durch. „Ich muß die gestrauchelten Geister, die dich bedrängen, in einen Blumentopf hinein fliegen lassen, und dort sollen sie auch bleiben".

Ich fühlte, wie es mir - trotz der Hitze - eiskalt über den Rücken lief und ich trat unruhig von einem Fuß auf den anderen.

„Dort sollen sie auch bleiben!" wiederholte er langsam und deutete mit dem Zeigefinger auf einen tönernen Blumentopf, in dem sich eine mir unbekannte Pflanze befand, die einen ziemlich verwelkten Eindruck machte. Meine Erregung verstärkte sich noch, zumal mich an beiden Armen ein leichtes Brennen und Prickeln erfaßt hatte. Deutete man jedoch das ziehende Kribbeln mit einen gehörigen Schuß

Humor, so konnte man darin auch eine mögliche Bereitschaft meines noch halbwegs gesunden Körpers sehen, der den Geistern bereits frühzeitig signalisierte, die für sie ungastliche Aufenthaltsstätte so schnell wie möglich zu verlassen und sich umgehend den für sie vorgesehenen Platz im Blumentopf zu sichern. Sozusagen eine Vorankündigung eines Geisterexodus!

Meine einseitige Fixierung war aber doch nicht der Weisheit letzter Schluß gewesen, denn eine Erweiterung der diesbezüglichen Denkschablonen durch den Alten ließ nicht lange auf sich warten.

„Natürlich würde jeder transportierbare Gegenstand den gleichen Zweck erfüllen“, vervollständigte er meine Weltsicht. „Wichtig ist nur, daß damit die Geister weggeschafft werden können. Blumentöpfe haben jedoch einen großen Vorteil gegenüber anderen Sachen. Sie beherbergen Lebendes. Und Geister“, schraubte er seinen gestelzten Stil zurück und wechselte in eine eigentümliche Vertrautheit über, „mußt du wissen, bevorzugen nun einmal Frisches“.

Das Kribbeln verflog wieder. In meinen Sinne gedeutet, hatten die Geister bereits ihren Auszug abgeschlossen. Ich war ihnen zu wenig attraktiv gewesen, und sie hatten sich für unverbrauchtes Grün entschieden. Eine Welle von Heiterkeit durchbrandete mich, als ich den verkrüppelten, halbverdorrten Stengel der Pflanze betrachtete, die mir der Weise angepriesen hatte. Ausgerechnet dieses matte Gewächs sollte bevorzugtes Ziel der Geister sein?

Während ich noch über die Methode nachgrübelte, ließ sich der Alte wieder vernehmen. Seine Hartnäckigkeit war wirklich nicht von schlechten Eltern.

„Ich könnte aber auch die ausgelegten Symbole einsammeln und anzünden", verkündete er.

„Nicht schon wieder Feuer!" wehrte ich matt ab und warf einen Blick auf die Stelle, wo der Talisman fast unmerklich vor sich hinglomm und wandte mich endgültig zum Gehen. Bevor ich jedoch den Raum verließ, zog ich einige Rupien heraus und legte sie behutsam auf das Sofa, was dem Weisen jedoch keine eindeutigen Abwehrreaktionen entlockte. Eher war das Gegenteil der Fall. Denn er rieb sich genüßlich die Hände und nickte aufmunternd. Viel Phantasie war hier nicht vonnöten, um diese Mimik als Aufforderung zu verstehen, die Handlung fortzusetzen. So wiederholte ich den Vorgang, was seine Stimmung sichtlich hob. Andererseits schien er immer noch nicht ganz zufriedengestellt zu sein.

Bemüht man nun für dieses Phänomen der simplen, irdischen Geldvermehrung eine Metaebene, so wird ohne weiteres einsichtig, daß dieser Vorgang theoretisch ad infinitum ausgedehnt werden kann, in praxi jedoch natürliche, durch das jeweilige Individuum gesetzte Grenzen existieren.

Diesen Hintergrund hielt ich mir vor Augen, und er bestimmte auch meinen dritten Zuschlag, ebenso einen vierten. Dann aber verließ ich, ohne mich noch einmal umzudrehen, den Ort.

Die Fehler des Denkens

Ich hatte auf einem etwas abseits stehenden, massiven eichenen Stuhl Platz genommen. Strahlte bereits der einfache Sitzgegenstand eine nicht zu übersehende Zuverlässigkeit aus, so wurde dieser erste Eindruck spielend von den wuchtigen, romanischen Säulen - nimmt man Architektur als Soliditätsmaßstab zu Hilfe - in den Schatten gestellt. Der blitzsaubere Boden, der nicht den geringsten Anflug von Staub erkennen ließ, rundete diese kleine, in vage Positivität tendierende Auflistung noch zusätzlich ab.

So betrachtet, schienen an das Leben geknüpfte Wirklichkeiten wie Tod, Verwesung und Vergänglichkeit, von diesem Ort beinahe völlig ausgesperrt zu sein. Die an den Wänden angebrachten, riesigen Grabplatten, bedeckt mit wunderhübschen Porträts von Engeln und Heiligen, mit frommen und erbaulichen Sinnsprüchen, mit Lebens- und Sterbedaten, mit Kreuzen jeder Art, verkündeten allerdings eine andere Botschaft, der zu entnehmen war, daß sich die

eigentliche Absicht der Erbauer auf der nicht einsehbaren
Rückseite manifestierte. Sie räumten damit bereits im Vor-
feld letzte Zweifel an der Existenz sterblicher Überreste von
Bischöfen, Domherren und der übrigen klerikalen Elite aus.

Nur ein kleines Detail wollte nicht so recht in das ansonsten
perfekte Bild passen. Die steinernen Platten, für gewöhnlich
Garanten des Dauernden, des Unwandelbaren, waren an
verschiedenen Stellen mit rostenden Eisenklammern verbunden. Bevorzugt man nun, um den vorherrschenden
Ernst der Situation zu entkrampfen, eine mehr lockere Interpretation dieses eher unwichtigen Sachverhaltens, so
schält sich, ohne große Geistesaktivitäten mobilisieren zu
müssen, heraus, daß die Funktion der Klammern, ebenso
wie die der Platten selbst, nach moderner Lesart gedeutet
werden kann. So sollten sie wohl mehr die Lebenden vor
einem denkbaren schreckliche Tod des Erdrückens durch
die gewiß zentnerschweren Platten bewahren, als einen
möglichen letzten Besuch der Verstorbenen auf einer spirituellen Ebene zu verhindern.

Die eben beschriebenen geistigen Abschweifungen und
Ausstülpungen meines Gehirns lagen aber nicht eigentlich
im Mittelpunkt meines Aufenthalts in der Krypta. Was mich
hierher geführt hatte, ließ sich auf einen Nenner bringen,
und dieser hieß: Meine noch weitgehend unkontrolliert flat-
ternden Nerven zu beruhigen. So hatte ich, neben den bereits beschriebenen, in loser Reihenfolge irgendwelche Orte
aufgesucht, und zwar solche, die wenigstens den Hauch einer emotional aufgeladenen Atmosphäre besaßen. Denn
nur sie versprachen, mir etwas Linderung zu verschaffen.
Spürte ich doch, daß ich dort - also hier - mit meinen aus
dem Gleichgewicht geratenen Gedanken und Gefühlen in
dem ungeheuren großen Gefühlskomplex der Menschheit
mit seinem ständigen Auf - was Freude, Ausgelassenheit
und Stolz und Ab - was Tod, Tränen, Krankheit und Sorgen

beinhaltete, hineintauchen konnte. Hier stellte sich wie von selbst die Ahnung ein, daß ich nur ein winziges Teilchen vom Ganzen darstellte, und jede Abweichung davon, wie auch immer gelagert sie sein mochte, zerschmolz angesichts dieser wahrhaft gigantischen Perspektive.

Noch pointierter ausgedrückt: Die menschliche Verfalls- und Mängelpalette relativierte umgehend meine eigene Leidensstufe und trieb mich somit ein Stück aus dem von mir bereits liebgewonnenen Vorhof der Hölle hinaus und wies mir einen oberen Platz in der allgemeinen Normalitätsskala zu. Wie weit oben, wagte ich aber nicht näher festzulegen. Kam ich doch an diesem Punkt der Gedankenkette zu dem vorläufigen Ergebnis, daß sich alles, dreht und wendet man es nur ein klein wenig, unverzüglich komplizierter darstellte, als der erste Eindruck es widerspiegelte. Denn rührt oder stochert man, je nach Geschick und Verfügbarkeit der dafür benötigten Utensilien, in einer mit allen möglichen psychologischen Ingredienzien angereicherten Soße, so erhält der Rührende und/oder Stochernde, unter unentwegtem Herzeigen seines Gehirns in den meisten Fällen eine für viele Zwecke brauchbare Mischung, eine Mischung, die heute zum Alltäglichen gehört: kleine Gedanken, eng verknüpft mit Gezänk, Genörgel und Neid, die wiederum in Einsamkeit, Schuldgefühlen, Depressionen, Furcht und Langeweile einmünden und in stetigen Sinnverlust kumulieren.

Meine Denkvorgänge, von mir bereits des öfteren als ziellos bezeichnet, wurden abgelenkt durch die Strahlen der untergehenden Sonne, die sich hinter mir langsam, wie bedächtig durch die bleiverglasten, farbigen Butzenscheiben stahlen und dabei tanzende Staubwolken sichtbar machten. Ehe sie dann ihren von den Scheiben endgültig zudiktierten Platz einnahmen, hüpften und zitterten sie noch eine winzige Weile fast unschlüssig herum und krochen darauf auf ein riesiges Gemälde an der gegenüberliegenden Wand zu.

Fasziniert beobachtete ich, wie die Strahlen Detail um Detail freilegten.

Ein kleines Erkenntnisproblem am Rande ist hier noch zu berücksichtigen. So war zu entscheiden: Stimmten nun diese Bildinformationen mit meiner gegenwärtigen Verfassung überein, was bedeuten konnte, sie wurden mir von meiner überhitzten Phantasie nur vorgegaukelt, oder waren sie wirklich vorhanden, also existierten sie materiell? Diesen Dingen ernsthaft nachzugehen, würde andererseits aber auch bedeuten, den Inhalt einer möglichen Botschaft, die in den Bildern verborgen lag, wieder zu zerstören und somit das leidliche Funktionieren meines Unterbewußtseins noch weiter zu beeinträchtigen.

Bevor ich mich jedoch entschließen konnte, diesbezüglich einen Entschluß zu fassen, waren meine Sinne von dem Dargebotenen bereits eingefangen und mein Gehirn zu einem bloßen Empfänger von überwältigenden Sinneseindrücken degradiert. Wie leicht zu erraten, war auch diesmal das Negative stark überrepräsentiert. Ohne Schnörkel: Was sich meinem Auge darbot, war, etwas gewunden ausgedrückt, nicht gerade dazu angetan, in ein fröhliches Gelächter einzustimmen, und zwar dargeboten, im wörtlichen Sinne angedeutet. Denn wie auf einer Schale, die eine Überfülle von Gegenständen nicht mehr fassen kann, so war geballt gerade der Bereich aus dem Tierreich zugegen, der für den Menschen, aus seiner anthropologischen Sicht heraus, gemeinhin als ekelig gilt. Es waren: Würmer, Eidechsen, Kröten und - der Strahl wanderte langsam, fast unmerklich nach oben - eine große Anzahl krebsartiger Tiere. Ohne Zweifel: Überbordende Einbildungskraft hatte Pate gestanden. So zwickten und zwackten - die Veränderung des Sonnenstandes beschwor eine beinahe übernatürliche Lebendigkeit herbei - alle diese monstergestaltigen Geschöpfe mit ihren Scheren und Zangen wie wild herum und folgten dabei einem für das Auge nicht einzuordnenden, seltsamen Takt, während dazwischen Schlangen und andere schuppenartige Tiere herumhuschten und dabei irgendwelche, für mich nicht nachvollziehbare Absichten und Ziele verfolgen mochten.

Zum Glück, dies verdient eine Betonung, dauerte dieses makabre Schauspiel nicht lange, wurde doch das Zeitlimit von dem sich fortbewegenden Strahl diktiert, und die Ausgeburten der Hölle versanken wieder in gnädiger Dunkelheit. Dahingestellt sei jedoch, ob die nun in den Mittelpunkt meiner Beobachtung rückenden Geschöpfe meinen Geist zuträglicher waren, also weniger Ekel hervorriefen als ihre Vorgänger. Verblüffend an ihnen war jedoch - dies ist mir haften geblieben - die Genauigkeit der dargestellten Formen. Ebenso steigerte sich - unerklärlich für mich - der gesamte Bewegungsablauf, was bedeutete, daß nun in rascher Reihenfolge überproportionale Schädel auf Vogelfüßen einherwanderten, gefolgt von Tiergestalten, denen unförmige Stummelfüße aus den Rücken wuchsen, daneben Körper, kopflos, nur als Torso vorhanden. Fest stand, nicht die Bewohner des Himmels, sondern die Kreaturen seines Gegenparts, gaben sich hier ein munteres Stelldichein.

Der erneut fällige Hinweis auf die Sonne, auf weiter wandernde Strahlen, damit veränderter Sicht oder Nichtsicht, entspringt diesmal mehr einer deskriptiven Pedanterie als eigentlicher Absicht, dürfte doch das bereits Geschilderte in diesem Punkt genügend Klarheit in sich bergen. Tatsache jedoch war, daß ich, während der Strahl an einer schwarzen Fläche leckte, rasch versuchte, diese kurze Zeitspanne zu nutzen und Ordnung in mein Gehirn zu bringen. Eine andere, eine naheliegende Möglichkeit, das einfache Verlassen des Ortes, schloß sich aus. Denn dazu fehlte mir die nötige Entschlußkraft, wobei den in mein Gehirn eingesickerten

Absonderlichkeiten gewiß ein nicht geringer Anteil daran zukam.

So verblieb nur Ordnung, und zwar als eine Art geistiger Notanker für mich und auch für die menschliche Spezies. Diese auf den ersten Blick als leicht größenwahnsinnig anmutende Ausweitung erscheint mir insofern legitim, da schließlich die gesamte Geschichte der Menschheit ein Prozeß von Ordnung, daraus resultierender Abweichung und eine sich rasch wieder einstellende Ordnung durchzieht, gleichermaßen als Grundmuster allen kulturellen Aufbaus, als phyletisches Prinzip. Wird doch der Mensch, aufgrund seiner biologischen Ausstattung, förmlich zur Ordnung gezwungen, was sich dahingehend äußert, daß er, wo immer er auch eingreift - und sei es auch nur um Unordnung zu schaffen - letztendlich dazu verdammt ist, Ordnung zu erzeugen, wie auch immer, und in welcher Form auch immer. Nach diesem Schemata betrachtet, stellen sich alle menschlichen Verirrungen jedweder Form, angefangen vom Krieg bis hin zu den ausgeklügelsten Verfehlungen, zu denen ein Menschenhirn fähig ist, wie Terror, Folter und ähnliches, als unausweichlicher Weg dar, der eingeschlagen werden muß, um daraus Ordnung zu ziehen.

Wie zur Bestätigung meiner krausen Überlegungen, jedoch auf meine banale Situation zugeschnitten, wurde nun eine Reihe von wunderschön gestalteten Steinstufen sichtbar, wobei auf den leicht nach vorne gewölbten Rundungen verschiedene Ornamente zu erkennen waren. Sie wiesen - dies sprang mir sofort ins Auge - einen erstaunlich hohen Ordnungsgrad auf, der durch gewisse geometrische Regeln bestimmt und nach Mustern ausgerichtet war. Gerade hatte ich damit begonnen, die Muster abzuzählen - wie erinnerlich durchzieht diese, wohl eher als harmlos „einzustufende" Zwangshandlung auch meine übrigen Betrachtungen -, als die Stufen bereits wieder aus meinem Gesichtsfeld verschwunden waren. Der Zählvorgang, bei dem ich steinzeitgerecht die Finger zu Hilfe genommen hatte, war wohl schlicht und einfach ausgeufert. Diesem Umstand war es wahrscheinlich zu verdanken, daß ich urplötzlich mit einem Paar abgetretener Sandalen - selbst diesen Abnützungsaspekt hatte der wache Künstler mit in Erwägung gezogen - konfrontiert wurde.

Verblüfft wartete ich auf die Fortsetzung dieses menschlichen Einbruchs in das bisherige tierische Szenarium. Sonderlich schwer war die weitere Zusammensetzung der Einzelheiten allerdings nicht zu erraten. Gehören doch zu Schuhen für gewöhnlich Füße, wobei der umgekehrte Fall sich oft als nicht zwingend erweist. So war es auch hier. In den Sandalen steckten erwartungsgemäß Füße, wohlgeformt und gepflegt. Ohne jeglichen Abstrich und ausgedeutet für Liebhaber der Anatomie: Es waren keinerlei Merkwürdigkeiten - wie Hammerzehen oder ähnliches - zu entdecken. Ebenso waren die Knöchel, die nun sichtbar wurden, ohne Fehl und Tadel. Nur eine, auf den ersten Blick leicht zu übersehende Kleinigkeit paßte nicht ganz ins Bild. Es war dies ein länglicher dunkler Fleck, der eine gewisse Ähnlichkeit mit geronnenem Blut aufwies.

Warum sich ausgerechnet diese Assoziation unverzüglich in mein Gehirn einnistete, verliert sich, wie so vieles andere, in den Abgründen des Unterbewußtseins. Nicht wegzuleugnen ist jedoch, daß sie vorhanden war. Wie man sich nun leicht vorstellen kann, galt meine Aufmerksamkeit nun weniger den übrigen Partien des Beins, sondern richtete sich auf die erwähnte Stelle. Und wirklich: der Fleck erweiterte sich nach oben hin, und zusätzlich erschienen rötliche Verkrustungen. Kein Zweifel, der ansonsten makellose Fuß war in beträchtliche Mitleidenschaft gezogen worden, und zwar noch euphemistisch gesprochen. Denn unverkennbar war: Hier war Gewalteinwirkung mit im Spiel gewesen. Die

Aufhebung auf der eben beschworenen Ordnung folgte also auf dem Fuß. Im makabren Sinne des Wortes. Dazu kam: Einige Zentimeter höher wurde der dunkle Fleck, der anfangs nur als unschuldige Abweichung vom gewohnten Bild gedeutet werden konnte, durch den abgebrochenen Schaft eines Pfeils gekrönt, der aus dem Bein ragte und damit den endgültigen Beweis für eine Verletzung, was auch Blut hieß, lieferte. Mein Auge wanderte zu der anderen Seite des Beins hinüber, wo der Künstler, entgegen aller körperlichen Beschaffenheit, aber ganz im Sinne einer für gewöhnlich nur seinem Berufsstand zugebilligten Freiheit, den Pfeil weiterführte und ihn dort, mit einer eisenbewehrten Spitze versehen, wieder heraustreten ließ. Daß es sich bei ihm um einen ganz besonders detailverliebten Menschen gehandelt haben mußte, war mühelos daran zu erkennen, daß er sich für die Pfeilspitze einer, wie mir schien, extra mattglänzenden Farbe bediente, und auch auf Zacken und sorgfältig ausgeführte Einkerbungen großen Wert gelegt hatte. Den letzten Schliff bildeten jedoch einige Tropfen geronnenen Blutes, die eine Wirklichkeitsnähe noch zusätzlich hervorhoben.

An dieser Stelle der Betrachtungsvorgänge trat das bereits geschilderte Wechselspiel von äußeren und inneren Bildern wieder in Kraft, das den Pfeil meinen Blicken entzog und mich mit einem wahren Fragenchaos zurückließ. So lautete eine der dringlichsten davon: War dies wirklich der Gefühlskomplex der Menschheit, den ich gesucht hatte?

Und weiter: Bestand etwa unsere gesamte Kultur nur aus der Errichtung von Kammern, metaphorisch ausgedrückt, in die unsere „dunklen" Gefühle eingesperrt waren?

Was aufgedröselt nicht mehr und weniger bedeuten konnte, daß unsere heutigen Bilder sich nur wirklichkeitsabgehobener gerierten gegenüber den Darstellungen früherer Epochen, in ihrer Aussage jedoch weitgehend gleich blieben, da sie ja nur, dank des enormen Denkschweißes früherer Generationen, anders aufbereitet und umgesetzt wurden.

Doch damit noch nicht genug. Denn interpretiert man diese und ähnliche gelagerte Fragen nur eine winzige Nuance großzügiger, so kommt man wohl nicht umhin, in diesen Dingen den Schlüssel zur Weiterentwicklung, möglicherweise in ihnen den Fortschritt selbst zu sehen.

Anders formuliert: Besteht nicht der denkbare Fall, daß unsere Vorstellungen, wieder gespiegelt in bewegten Bildern, verdichtet zu abartigen Auswüchsen, zu Greueltaten, zu Zombifilmen, mit dem Menschen nachempfundenen Monstern, zu Kettensägenmassakern, ausgeübt von dumpfen Psychopathen mit irrem Blick, etwa auch den Bau unserer technischen Fortschrittstempel, bewirkt haben, genauso wie die Künstler vergangener Zeiten großartige Sakralbauten errichteten, gewissermaßen als schützende Hülle für blutige Details gedacht, Bauten, bei denen, trotz ihrer filigranen Schönheit, die Leiden der Märtyrer den Mittelpunkt, den eigentlichen Impetus, die Hefe des Ganzen, bildeten.

So betrachtet stellen die blutrünstigen Rituale, die den Menschen seit seiner Vorvergangenheit begleiten, die wahre Triebfeder seines Handels und Denkens dar und erklären zugleich deren nicht wegzuleugnende Faszination, wobei das Aufheben jeglicher Ordnung, von mir soeben in den Stufen, in die Ornamente hineingedeutet, andererseits einer bitteren Notwendigkeit entsprach, um das menschliche Gehirn nicht völlig in der damit einhergehenden Erstarrung absterben zu lassen und ihn so erneut in ein Wechselbad von Gefühlen, von Zuständen der Angst, Ohnmacht, Aussichtslosigkeit und Ausgeliefertheit zu werfen. Eine andere Möglichkeit stand ihm augenscheinlich nicht zur Verfügung. Grausamkeit, Ordnung, Ordnung, Grausamkeit. In beliebiger Reihenfolge. Umgesetzt in Bilder. Gespeichert in den versteckten Winkeln des Gehirns. Aber, nichtsdestoweniger unverzüglich präsent. Bilder, die jeder kannte, wieder erkannte und verstand und die viele, beileibe nicht alle, fürchteten und flohen und vor denen es trotz allem kein Entrinnen gab. Bilder, die stets aufs Neue auftauchten, da sie die Gesellschaft ebenso benötigte wie Nahrung.

Mensch, Gesellschaft, Bilder....... Die Sequenz wollte nicht enden. Aber wo befand ich mich, inmitten dieses Bilderreigens? Diese Frage, wie selbstverständlich aufgeworfen, um den gedanklichen Brei zum Stillstand zu bringen, trägt eine Antwort bereits in sich, hatten doch die äußeren Bilder wieder die Oberhand gewonnen und bestimmten im Augenblick das Geschehen. Nur waren der blutige Pfeil, der Fuß, die Sandale längst aus meinem Gesichtsfeld verschwunden.

Wie lange das Bestürmen durch die inneren Bilder gedauert hatte, weiß ich nicht mehr. Oder davon abweichend: Vielleicht benötigte gerade der Gedanke, absolut genommen, überhaupt keine Zeit. Und das Gehirn, entwickelt man die Gesetzmäßigkeiten mißachtende Perspektive weiter, schaltet einfach ab, sobald es mit einer Überzahl von Eindrücken überschwemmt wird. Offensichtlich hatte ich jedoch die Aufnahmefähigkeit meines Gehirns unterschätzt. Vielleicht hatte sich auch bereits ein gewisser Hunger nach Wahnsinn darin breitgemacht; wie auch immer, das Bein, genauer, der obere Teil davon, tauchte erneut auf, wobei natürlich für das zeitweilige Verschwinden auch optische Unzulänglichkeiten, wie Brechwinkel und ähnliches verantwortlich gemacht werden konnte. Allerdings erwies sich nun, sozusagen als Bekräftigung meiner rabenschwarzen Gedanken von vorhin, daß es sich bei dem Bein nur um einen Torso handelte und der Künstler seiner bereits erwähnten Detailversessenheit bei diesem, für die menschliche Existenz überaus notwendigen Gliedmaß, wiederum freien Lauf ließ.

Das Bein endete daher nicht abrupt, wie man es vielleicht von einem Torso erwarten könnte, sondern spiegelte an seinem Abschluß auch zugleich die Höhe der anatomischen Kenntnisse seiner Zeit wieder. Möglicherweise traf ja auch nur eine glückliche Ausdrucksgestaltung hinsichtlich Form und Anatomie zusammen. Jedenfalls, dies scheint mir erwähnenswert, waren sogar die feinsten Äderchen, Sehnen und Knochensplitter noch erkennbar. So ragten aus dem Stumpf eine ganze Anzahl blaugrün gemalter Äderchen gleich Fäden heraus und verloren sich, ganz unspezifisch, in dem dunklen Hintergrund. Hatte der Künstler hier nur versucht, der Natur auf die Sprünge zu helfen oder aber - die Perspektive ist nicht von der Hand zu weisen - hatte er sich bemüht, den Zusammenbruch biologischer Ordnung mit kultureller Ordnung entgegen zusteuern?

Doch es kam noch rätselhafter. Das Spiel von Licht und Schatten gebar die nächste kleine Überraschung. Von links erschien die Spitze eines Schwertes. Und sie war, dies passte ins Bild, ebenfalls mit Blut besprengelt. Die ausgeprägte Vorliebe des Künstlers für die Darstellung dieser Körperflüssigkeit war bald nicht mehr auszuhalten. Deutlich war sogar die eingravierte Blutrinne auszumachen. Entscheidend an der Darstellung der Waffe war jedoch die Richtung. Die Spitze zeigte nämlich - hier spannte mich der Sonnenstrahl aufgrund seines zögerlichen Hervortretens auf die Folter - auf eine unwirklich hübsche Rose. So lebendig war sie gestaltet, daß ich beinahe den Eindruck gewann, sie wachsen zu sehen und sie nur darauf wartete, Fliegen oder gar Schmetterlingen als Rastplatz zu dienen - und sei dies auch nur vorübergehend. Das Letzere war jedoch mit einiger Bestimmtheit auszuschließen, sperrte die halbdunkle Krypta doch mit Sicherheit alles Lebendige rigoros aus und bot - als Ausnahme von der Regel - wohl nur wenigen deformierten Menschen zeitweise Raum.

Aber noch war das Bild nicht vollständig, wobei die Ergänzung nicht lange auf sich warten ließ. Vielleicht wußte ich sie ja auch bereits, und sie stellte nur eine Wiederspiegelung meiner und kollektiver Vorstellungen dar.

Komprimiert: Es trat, gewissermaßen als deutlich erkennbare Abrundung einer Idee, eines Gedankens, eines Bildes, ein weiterer Torso, ein Oberkörper, in meinen Gesichtskreis. Natürlich war der weitere Fortgang nicht schwer zu erraten gewesen: Fuß, Bein. Die Reihenfolge macht deutlich, daß es in Richtung Kopf gehen mußte. Ohne Wenn und Aber.

Der Oberkörper nun war, wie nicht anders zu erwarten, wiederum akribisch gestaltet, mit allen blutigen Ausschmückungen. Eines jedoch war klar, und ich erspare mir daher, weitere, ins nekrophile tendierende Abartigkeiten aufzuzählen, daß der Künstler - dies schälte sich mir unerbittlicher Logik heraus - vor ähnlich gelagerten Problemen gestanden hatte wie der heutige Mensch. Und natürlich hatte er, dies ist schließlich legitim, zu seinen damaligen Erklärungsmodellen gegriffen. So war deutlich zu erkennen, daß er versuchte, Risse darzustellen: Im Weltbild, im Denken, in der Seele. Risse, die auch durch unsere kleinen Wünsche und Träume, die uns beherrschen, die uns antreiben, die uns zu Knechten unseres Selbst machen, nur mühsam übertüncht werden. Um es bei diesen mehr verwaschenen Andeutungen zu belassen, wurde doch diesen eben genannten Dingen schon zu viel an Bedeutung beigemessen, stellt sich noch die Frage nach den geeigneten anatomischen Proportionen und die lautet: In wie viele Teile kann der Körper eines Menschen aufgeteilt werden, ohne daß er dabei an bildnerischer Aussage verliert? Denn nicht zu übersehen war, daß zwar die Formen des Bildes zerrissen wirkten - und das Auge hatte sie auch so wahrgenommen - im Bewußtsein selbst aber, wurde der Eindruck von

Ganzheit erweckt. Ein echtes Paradoxon also, das jedoch
der Künstler mit Bravour gemeistert hatte, wie mir schien.
Jedenfalls war mir seine Absicht sofort aufgegangen.

Die Krönung des Ganzen ließ aber noch etwas auf sich
warten, allerdings nicht sehr lange. Und der Schöpfer des
Bildes hatte etwas benützt, was gewöhnlich auch gewöhnlich auch dafür steht, simpel: den zum Körper gehörigen
Kopf. Nur - hier schleicht wie von selbst eine erneute Spitz-
findigkeit durch die Hintertüre ein - war doch der Kopf, genauer das Gesicht, denn darauf beschränkte sich die Perspektive, nicht gerade leicht in meinem Kopf unterzubrin-
gen, was wörtlich zu nehmen ist. Denn das Gesicht barg
trotz der wohl gelungenen Proportionen eine schwer zu be-
schreibende Seltsamkeit in sich. So lag eine Art Spannung
oder etwas in der Richtung, darauf. Auf heutige Maßstäbe
übertragen, würde der adäquate Ausdruck wohl multiphren
gelautet haben. Was anders formuliert bedeutete, daß er
mit den Widersprüchen, den Getrenntsein, das bereits der
Körper durchlitten hatte, nicht zurechtkam und auch keine
Möglichkeit sah, dieses Dilemma zu lösen. War es doch an
die Welt gefesselt und somit nicht frei von irdischen Pro-
blematiken. Damit waren die Unklarheiten aber noch lange
nicht ausgeräumt, schien doch das Gesicht viele, unsagba-
re innere Höllen wiederzuspiegeln und alle emotionalen Zu-
stände, zu denen der Mensch in der Lage ist, in sich zu tragen. Was mich jedoch am meisten aufwühlte, war der diffuse Ausdruck einer düsteren Ohnmacht, einer existenziellen
Geworfenheit und Verlassenheit. Fast konnte man den Eindruck gewinnen, als ob hier eine, wie auch immer geartete
Umpolung des Geistes stattgefunden hätte. Und übrig blieb,
als kläglicher Rest, eine inhaltslose Summe von unzähligen
Teilchen.

Das Gesicht eben.

Der entseelte Blick war auf ein Ziel gerichtet, das nirgendwo in Sicht war, da es nicht mehr existierte, ein Gesicht - und damit der Mensch - das nicht mehr zu existieren brauchte. Waren doch seine medialen Ebenbilder wesentlich perfekter, gefälliger und anpassungsfähiger.

Und noch deutlicher. War dies wirklich der krönende Abschluß eines langen Voranschreitens auf den gewünschten Punkt Omega zu, wo menschliche Deformationen aufgehoben und transzendiert werden?

Nun, ich wußte es nicht. Und ob und wann sich wirklich eine Antwort auf diese ungeheuer komplexe Materie eingestellt hätte, vermag ich ebenfalls nicht zu sagen. Tatsache jedoch war, daß sich ein anderes Problem mit Macht in den Vordergrund schob, der plötzliche Einbruch der Ordnung. Diesmal allerdings in banaler, unberechenbarer Form, nämlich in Gestalt des Küsters. Unsensibel, wie es sich für diesen Personenkreis geziemt - selbst jahrzehntelange fromme Tätigkeiten im Dienste des Herrn hatten nicht die Spur einer Läuterung gezeitigt - forderte er mich mit barscher Stimme ultimativ auf, die Krypta zu verlassen.